ELAS POR ELE

O universo feminino
na visão de um homem

Fabio Brunelli

Elas por Ele

O universo feminino na visão de um homem

Coleção
NOVOS TALENTOS DA LITERATURA BRASILEIRA

novo século®

São Paulo 2009

PRODUÇÃO EDITORIAL Equipe Novo Século
PROJETO GRÁFICO E COMPOSIÇÃO Sergio Gzeschnik
CAPA Fernando Augusto - Elemento Visual
PREPARAÇÃO DE TEXTO Salete Milanesi
REVISÃO Cristiane Mezzari

Dados Internacionais de Catalogação na Publicação (CIP)
(Câmara Brasileira do Livro, SP, Brasil)

Brunelli, Fabio
Elas por ele / Fabio Brunelli. — Osasco, SP: Novo Século Editora, 2009. — (Coleção novos talentos da literatura brasileira)

1. Romance brasileiro I. Título. II. Série.

09-07861 CDD-869.93

Índices para catálogo sistemático:

1. Romance: Literatura brasileira 869.93

2009
IMPRESSO NO BRASIL
PRINTED IN BRAZIL

Rua Aurora Soares Barbosa, 405 – 2° andar
CEP 06023-010 – Osasco – SP
Fone (11) 3699-7107 – Fax (11) 3699-7323
www.novoseculo.com.br
atendimento@novoseculo.com.br

Em memória de meus avós,
Dinorah Brunelli Imbriani e Waldemar Imbriani,
e de seus sessenta anos de paixão.

Em memória do revisor deste livro,
Nei Paulo Panizzutti,
e de sua gentileza com o amigo e com o texto.

Agradecimentos

A vida é muito melhor com elas. Se nascesse de novo, queria ter a sorte de reencontrá-las. E, mais uma vez, compartilhar dias e noites com minhas ex-esposas, sogras, cunhadas, namoradas, paqueras. Amigas, primas, tias, avós, irmãs e minha mãe.

Juntas, elas formam Carolina. A personagem que escreveu em minha vida alguns dos meses mais felizes. Mais completos.

Fabio Brunelli

Prefácio

Você não me pediu um prefácio, Fabio, meu amigo, mas resolvi escrevê-lo. Você o utilizará, se quiser. Caso contrário, continuaremos amigos.

É meu primeiro mergulho no mundo do Orkut. Creio ter sido, para o velho que sou, uma boa e bela experiência. Você domina o idioma. Sabe empregá-lo com exatidão. Sabe fazer dele uma ferramenta. Tem um estilo, um jeito de escrever cativante. Cativou-me. Aliciou-me.

Pediu-me revisão de seu texto. Suponho que não teria sido necessária, pois havia apenas alguns tênues senões.

Tênues e raros. Você sabe muito bem a que vem. Sabe como gravar sua mensagem. Sabe materializar seu sonho. Sabe contar passos, quando com os pés no chão. Sabe balizar seus sonhos, quando alça voo, e seu voo é tranquilo quando deve ser; vivaz, quando necessário... Enfim, você sabe dar a seu voo todas as características que dependem de seu texto, de sua mensagem, de sua alma jovem e, por vezes, sonhadora.

Seja bem-vindo à literatura brasileira contemporânea, tão necessitada de verdadeiros talentos, meu estimado Fabio Brunelli.

Nei Paulo Panizzutti

"Para fazer uma obra de arte
não basta ter talento.
Não basta ter força.
É preciso também viver um
grande amor."

Wolfgang Amadeus Mozart

Homens e mulheres são, realmente, muito diferentes. Imagine um domingo de chuva. Dia perfeito para ficar em casa, saborear uma comida japonesa, assistir a um bom filme. Tudo encomendado por telefone. No meio da tarde, namorar. Depois, namorar de novo. Quando escurecer, pedir uma pizza. E, quem sabe, namorar mais uma vez. Realmente, um dia perfeito.

Mas um casal, normalmente, é composto por um homem e uma mulher. E o que parece perfeito para nós, pode ser um suplício para elas. No início, concordam com a programação sugerida. Chegam a sorrir. E, aparentemente, relaxam na cama. Mas bastam cinco minutos. Os pezinhos começam a se mexer. Ela tira as meias. Depois, vira-se de um lado para o outro. Impaciente, se levanta:

"Tem certeza de que você quer ficar em casa?" "Claro! Não foi isso que a gente acabou de combinar?" A resposta parece boa. Mas nunca funciona. Em seguida, ela diz que é uma perda de tempo ficar enfurnada no apartamento, as costas doem de estar deitada, e que a gente podia sair pra almoçar... "Mas está chovendo! Não tem ninguém na rua." E ela responde: "Tem sim!" Mesmo sabendo que não tem.

Minha última tentativa: "Amor, todo mundo vai ficar em casa hoje. Está chovendo, é domingo, a gente trabalhou a semana inteira..." Em vão. Com olhar feroz, ela diz: "Eu vou sair!" Esperando que eu responda: "Tudo bem! Vamos sair!" E o grande final começa quando digo: "Vai sim. Liga pra sua mãe. Vê se ela já almoçou. Ou convida alguma prima." O olhar fica ainda mais enfurecido: "Você vai ficar?" Respondo: "Claro! Está chovendo muito." Em um minuto e meio, ela se arruma e sai. A batida da porta ecoa pelo prédio.

Três horas depois, telefona da casa da mãe. Diz um "oi" sorridente! Pergunta se já comi, se quero algo da rua. "Obrigado, amor. Já descongelei uma pizza. Fique aí o tempo que você quiser. Aproveite pra conversar bastante." Afinal, mulheres precisam falar...

No fim da tarde, telefona de novo: "O filme deve estar bom! Você nem ligou pra saber se está tudo bem comigo." Pergunto:

"Que filme?" Ela responde: "Você não disse que alugaria um DVD?" O filme era parte da programação. A tarde seria de namoro. Sem minha linda em casa, foi de sono. "Nossa! Não sei como você consegue dormir tanto!" Nós, homens, sabemos.

Deve haver algum motivo para essa diferença de ritmos. Na internet, encontrei uma resposta. Um *site* de medicina explicava que as mulheres têm menos serotonina que os homens. Um hormônio que age no cérebro e regula o humor. Três fatores influem na produção dessa substância. Exposição à luminosidade, o que explica a depressão em dia nublado. Atividade física, daí o receio de ficar em casa. E chocolate. Por isso, antes de escolher o prato principal, elas abrem o cardápio na parte das sobremesas. Quer agradar uma mulher? Peça *fondue* de chocolate antes do salmão.

A delícia negra opera milagres nos corações partidos. Sempre me ajudou a superar as separações. Conselho de amigo também ajuda. Um deles, que já foi casado várias vezes, sugeriu que eu passasse a pensar mais em mim. Organizasse jantares em casa. Viajasse mais. Fosse ao cinema sozinho...

Uma experiência fascinante. Você escolhe o filme. Onde sentar. Se a pipoca vai com ou sem manteiga. Ninguém o interrompe nas melhores partes. Se quiser, pode rir bem alto. Quem vai recriminá-lo? E se não estiver gostando do filme, levanta e vai embora.

Outra experiência interessante é convidar quem nunca foi ao cinema com você. Um colega de trabalho, um companheiro de academia, um primo, a moça da bilheteria... Tenho levado meu irmão. A gente só assiste aos filmes que os dois querem ver. Dessa forma, ninguém se anula. Um erro comum de muitos casais. Mas ainda é cedo para falar sobre isso. Sentamos com uma poltrona vazia nos separando. Cada um fica com dois apoios para os braços. Em outra situação, lado a lado com a amada, ela ficaria com o apoio central. E o homem, com um braço dormente.

E é no cinema do Leblon que começa nossa história. Há pouco mais de um mês, saí revitalizado de uma sessão. Na verdade, já entrei assim. Estava na fila. Relaxado depois de um dia de praia. Sem pensar em outra coisa a não ser na pipoca. Nem sabia qual era a história do filme. Só o título: “Maria, o mito”. Ao lado do cartaz, me perguntei: “Será que vou gostar?”. A resposta veio num tom feminino: “Ouvi dizer que é muito bom! E a crítica está elogiando a mensagem cristã”.

A voz era encantadora. Como são as que surgem, inesperadamente, para desfazer nossas dúvidas. A dona, linda. Cabelos loiros, aparentemente naturais. Longos e lisos. Pele sedosa. Mas foram aqueles olhos, quase violeta, que me deixaram fascinado. Diante da cena, só pude concordar: “Então, deve ser bom mesmo!”.

Há situações na vida que parecem estar em câmera lenta. Aqueles cinco minutos que antecederam o filme foram os mais longos dos últimos meses. Faltavam quatro, quando a fila começou a se formar. Numa conjunção perfeita de tempo e espaço, a loira interessante ficou ao meu lado. Com ela, um rapaz que parecia seu irmão. E uma velhinha de cabelos brancos. Muito sorridente. Daquelas que a gente levaria para casa. Acompanhadas da neta, claro!

Diante de uma mulher bonita, não consigo ficar calado. Deve ser meu lado feminino falando mais alto. Só conseguia pensar: "Você é linda! Você é linda!". Precisava dizer isso a ela. Mas como fazer um elogio naquele instante? Nos segundos em que tramava o galanteio, lembrei de uma situação que me botou em apuros semanas atrás.

Meu apartamento estava à venda. No final do terceiro casamento, achava que o problema era o prédio. Talvez amaldiçoado pelos protetores do mar. Se mudasse de casa, a relação ficaria melhor. Mas nem foi preciso que os dois abandonassem o lar... Os interessados começaram a aparecer. Até que uma jovem moradora de um prédio vizinho pediu para olhar o imóvel. Ela veio só. Disse que os pais estavam viajando pela África. Queriam a vista da praia. Nem pediu desconto. Ficou de falar com a família. Para ser simpático, fiz uma brincadeira: "Com os pais tão longe, deve ter festa em seu apartamento todo dia...". Ela sorriu e nos despedimos.

Um mês depois, a vi no estacionamento do Carrefour. Ela estava com um *poodle* no colo. O carrinho, cheio de compras. Perguntei se queria ajuda. Respondeu com um sorriso. Cheguei a ter pena dela... Uma jovem, sozinha no Rio. A única companhia era o inseparável cãozinho. Não o deixava só.

Nem para ir ao supermercado. Perguntei sobre os pais, que continuavam na África. Sem segundas intenções, voltei a ser simpático: "Quando tiver uma festa em seu apartamento me avise!". E, mais uma vez, a resposta foi um sorriso.

Fiz as compras e voltei para casa. Estacionei na rua, em frente ao prédio. Estava na calçada, quando um rapaz alto e forte se aproximou. Parou a uns 40 centímetros de mim. De braços cruzados. Na pose "sou forte", perguntou: "Que história é essa de falar pra minha mulher convidar você para uma festa lá em casa?". A sensação foi a de estar sonhando. Sabe aquele instante do pesadelo em que a única saída é acordar? Respirei fundo. Botei a mão no ombro dele. Quase meio metro mais alto que o meu. E como explicar, de forma rápida, tudo que se passou? Antes da metade da história, eu já estaria de olho roxo. Depois de dois segundos em silêncio, resumi numa frase: "Cara, eu não sabia que ela era casada". Ele respondeu: "Então, está sabendo agora". Como a primeira frase havia me salvado, voltei a repeti-la. Ele me deu as costas e se foi.

Por falar em marido, era essa minha preocupação a quatro minutos do filme. Irmão, amigo, namorado. Qual seria a ligação do garoto com a bela da fila? E a velhinha só sorria. Aproveitei aquele bom humor: "A senhora veio trazer os netinhos pra passear?". Ela olhou para eles e, simplesmente, sorriu. Uma vovó muito simpática. Os olhos eram iguais aos da neta: "A senhora é muito bonita!". Mais uma vez, a velha sorriu. Em seguida, voltei a ouvir aquela voz que havia me acalmado sobre a qualidade do filme: "Você tem que falar mais alto. Ou, então, bem perto do ouvido dela". A velha era surda. Por isso, sorria tanto. Fiquei tentado a gritar: "A senhora é linda! A senhora é linda!". Mas acho que a neta me acharia um doido. Preferi o "ouvidinho". Mais uma vez, a velha sorriu. Acho que deveria ter gritado. Nessa hora, o rapaz me alertou para outro detalhe: "Ela também enxerga muito mal". Então, o que estava fazendo no cinema? Claro que não perguntei isso.

Quinze anos atrás, conheci outra loira belíssima. Ela usava óculos fundo de garrafa. Dizia-se feliz da vida com eles: "Quando estou num lugar onde me sinto constrangida, tiro os óculos e passo a me sentir muito bem. Tenho a sensação de que ninguém está me vendo".

Às vezes, o mundo fica mais bonito sem óculos. Por opção, deixei de usá-los por seis meses. Quando passava em frente aos bares noturnos, ficava curioso para saber quem estava lá. Mas, sem óculos, nem tentava focar. Depois, voltei a usá-los. Confesso que algumas mulheres eram mais bonitas naquela época.

No cinema, minha visão estava ótima. A três minutos do início da sessão, dez centímetros me separavam daquele encanto. Mesmo sem tocá-la, cheguei a sentir o calor de sua pele. A fila começou a andar. E lá se foram, ela, o rapaz e a avó, sorrindo...

Corri para me sentar perto deles. Na fileira debaixo. Antes do primeiro *trailer*, minha voz interior chegou a me incomodar. "Que mulher linda! Será que gostou de mim? Acho que vou olhar pra trás. Isso! Vou sorrir pra ela. Mas o cara pode brigar comigo. Que se dane! Que se dane nada! Seria constrangedor. Ele poderia dizer: Tá olhando o quê? Tô olhando... você. Achei você bonitinho!". Já estava quase decidido a correr o risco quando voltei a ouvir aquela linda voz. Desta vez, num tom mais enérgico. Aparentemente, tentava se defender de uma gracinha do garoto: "Para, Zilito!". As luzes começaram a se apagar. A frase ecoou em minha mente: "Para, Zilito! Para, Zilito! Para, Zilito!...". Cheguei a pensar em me levantar, virar para trás e gritar: "Para, Zilito!". Até a velhinha escutaria. Mas não foi necessário. Zilito parou.

Ainda me restavam alguns segundos para ganhar a atenção da jovem de olhos quase violeta. Como bom-moço, botei o celular no *vibracall*. Conferi as mensagens de texto, mesmo sabendo que já haviam sido lidas. Esperava que ela pensasse: "Ele deve ser uma pessoa de muitos contatos, muitos amigos...". Coisas que os homens acham que as mulheres pensam.

No fundo, acho que nem elas sabem o que pensam. A indecisão feminina é de dar dó. Sofrem à procura de algo que nem imaginam o que seja. A maior tortura ocorre nos shoppings. Para o homem é simples: "Quero comprar uma camisa numa determinada loja". Pago pela compra e vou embora. Mas o que pensa uma mulher quando vai ao shopping? Nem ela sabe. Por isso, olha todas as vitrines. Como gostam de ver roupa em manequim. Com passos lentos, param diante de cada um.

Andam todos os corredores. Depois, mais uma volta completa. Se não encontrarem algo para comprar, ficam deprimidas o resto do dia. E nem adianta perguntar por que estão tristes. Não vão saber responder. Não sabem nem o que foram fazer no shopping.

O que pensa um homem quando vai a um restaurante? "Quero comer um belo bife, ou um peixe, e um determinado acompanhamento". O que pensa uma mulher quando vai ao restaurante? "Ele vai escolher e eu peço outra coisa. Se eu não gostar, troco com ele". É sempre assim.

O que pensa o homem quando a mulher está em silêncio? Nada. O que pensa a mulher quando o homem está em silêncio? "Ó, céu! Ele não me ama mais...".

Um amigo tentou me explicar a origem da ansiedade feminina. "Disseram para as mulheres que o mundo vai acabar na semana que vem. Elas acreditaram". Isso justifica, em parte, o furor pelo anel de noivado, pelo casamento, pelos filhos. Têm que correr, antes que o mundo acabe. Ao contrário dos homens que, ainda hoje, festejam a criação do universo. Se tiver cerveja, melhor ainda!

Realmente somos diferentes. Elas sonham com o príncipe encantado. Nós, com as gatas borralheiras. De preferência, de camiseta molhada. Mas posso tentar ser um pouco mais romântico. Elas gostam disso. Planejam o casamento inteiro. Cada detalhe da festa. Que lindo! Noiva, mãe, sogra. Todas unidas no devaneio feminino de vestir uma mulher de princesa.

Parece tão real. Alguns convidados chegam a acreditar que a moça é filha da realeza. Até o noivo é convidado para a festa. E essa é a única participação dele na cerimônia. Como nada deve atrapalhar os planos femininos, em geral, nem querem nossa ajuda. "Apenas, não se atrase, mocinho!"

E o primeiro *trailer* começa às nove em ponto. Um minuto de muito tiro, carros batendo e uma japonesa gostosa. De novo, silêncio no cinema. Para chamar a atenção de minha nova musa, comento com meu irmão: "Tirando a japonesa, esse filme deve ser horrível!".

Essa mania masculina de tentar impressionar as mulheres é curiosa. Como a gente apenas pressupõe o que elas desejam, já que nem elas sabem, nossa empreitada deve deixar margem à manobra. Mas, para conquistar as inteligentes, é preciso bem mais que uma flor no vidro do carro, uma piada original ou uma resposta inusitada. Diante do raciocínio rápido, haja plano B.

Mulheres imprevisíveis sempre me encantaram. Claro, as bonitas também. Embora sabedoria seja fundamental para conviver com uma bela mulher. Uma mente masculina fraca pode sucumbir ao ciúme. Mas, mesmo correndo risco, ainda prefiro as bem-dotadas.

E lá estava uma delas. Talvez, a mais linda. Assistindo ao filme. Comendo pipoca. Ao lado da avó, que sorria...

A crítica estava certa. Só vovó não viu... O drama de Maria me fez chorar. Como a saudade que senti daqueles olhos quase violeta sem saber se os veria de novo. Com as luzes acesas, olhei para trás. As poltronas já estavam vazias... Mas ficaram duas lembranças. O rosto de pele sedosa e um estranho nome: Zilito.

"É preciso amar as pessoas como se não houvesse amanhã. Porque, se você parar para pensar, na verdade não há."

Renato Russo

Acho que nunca conheci um Zilito. Mas há muitas formas de conseguir informações sobre alguém. Uma das mais rápidas, e discretas, é pela internet. Tem gente que põe a vida inteira no Orkut. Já vi até foto sensual de umas conhecidas. Pensava que fossem evangélicas...

Pesquisar: Zilito. Resultado: 132. Como tem Zilito no mundo! Zilito Silva, Zilito Moraes, Seu Zilito, Manu Zilito... Em vez de foto, muitos se apresentam com imagens variadas: escudo do Flamengo, um bebê chorando, um tomate. Tomate? Para filtrar a pesquisa, acrescento o tipo de relacionamento.

Zilito casado: 42. Mas nem vou perder tempo com mulher de aliança. Namorando: 51. Que curtam suas namoradas. Será que o Zilito do cinema é solteiro? Tomara que os olhos quase violeta tenham um irmão chamado Zilito... Solteiros: 39. Logo na primeira página de resultados, havia algumas mulheres. Estranho, não? "Como tem passado, senhorita Zilito?". Solteiro e masculino: 35. Heterossexual: 34. Não sabia que tinha um gay chamado Zilito. Será que é ele? Não. O da foto tem cabelo roxo. Nosso Zilito deve ter entre 20 e 30 anos. Restaram 17. Pelo perfil, tiro os que moram em outros estados. Sobram 2 Zilitos. Agora, basta entrar na página de cada um e ver as fotos na rede de amigos. O primeiro só tem 45. Foi fácil. Mas ela não estava lá. O segundo tem 726 amigos. O popular.

Essa é uma pesquisa bem divertida. São muitas as surpresas no mundo bizarro do Orkut. Vale a pena clicar em algumas fotos para ler o perfil. Na tentativa de se descrever, muitos usam poesia, letra de música e frases incompreensíveis. Já vi até o símbolo do McDonald's desenhado com pontos e barras. Estava na página de uma mulher, aparentemente, acima de seu peso ideal. E, entre tantas, há mulheres muito atraentes.

Encontrei uma parecida com a jovem do cinema. Uma foto pequena. Sim! É ela! Linda. Cabelos loiros. Longos e lisos. Pele sedosa. Os mesmos olhos quase violeta. Num sorriso angelical. Embaixo da foto, o nome: Carolina. No perfil enigmático, nada mais além de "Brasil".

Havia quatro recados para ela. Confesso que, a princípio, não me senti à vontade para ler as mensagens. Seria como olhar pelo buraco da fechadura. Ouvir a conversa na extensão. Talvez, medo de encarar algo indesejado. Mas lá estavam eles. O primeiro a convidava para ingressar numa comunidade de católicos carismáticos. O segundo era inespecífico: "Fiquei feliz com a notícia, anjinho". O terceiro: "Vai ter festa de despedida da vida mundana?". E o último: "Padre Pedro vai adorar a notícia". Abandonar a vida mundana? Padre Pedro? Que notícia será essa? E o Zilito? Qual a ligação dos dois?

No perfil dele, havia uma frase intrigante: "Viva a vida como ela é: boa ou ruim". Que profundidade! Como alguém pode ser tão criativo a ponto de conceber essa grande máxima? Ora, Zilito... Se acha sua vida ruim, transforme-a! Esse é o problema de algumas mulheres, aparentemente, interessantes. Buscam homens pouco providos mentalmente. Quanto menor a capacidade intelectual do parceiro, mais elas se destacam na relação. Isso talvez explique por que o bronco também tem seu lugar ao sol.

Mas Zilito também tinha sensibilidade. Em seu perfil, havia outras duas frases que me tocaram: "As coisas essenciais são invisíveis. É preciso se sentir larva para conhecer a borboleta". Se eu gostasse de homem, poderia me apaixonar por esse cara... No item onde fala de suas paixões, escreveu: "Amo tudo que a no mundo". Bonito, apesar do erro.

Nem sei se minha loira do cinema escreve certo... Será que tem pensamentos interessantes? Para descobrir, teria que entrar em contato com ela. Aliás, essa é a única forma de conhecer alguém. Quando mais jovem, costumava ter impressões erradas das pessoas. Achava que fulana era isso, aquilo... Na maioria das vezes, por acreditar no que diziam dela. Ou por presenciar atitudes em situações momentâneas. Mesmo sem saber o que a levou a fazer o que fez, a rotulava. Outro erro.

O Orkut também gosta de rótulos. Os membros são classificados por sorrisos, cubos de gelo e corações. Símbolos que, nessa sequência, significam o quanto o usuário é confiável, legal e sexy. No perfil, ao lado do nome, há uma quantidade específica de cada figura. Um tipo de placar que reflete a opinião dos amigos. Fulano é 70% confiável, 80% legal e 60% sexy. Beltrano é 50% confiável. Porém, pouco legal: 40%. Mas muito sexy: 90%. Em tudo, minha musa tinha 100%.

"De todas as formas de cautela, cautela no amor é talvez a mais fatal para a felicidade verdadeira."

Bertrand Russell

Depois de sofrer dois dias, mandei uma mensagem para Carolina: "Lembra de mim? O cara do cinema que adorou sua avó. Você também é muito bonita. Tem namorado?". A resposta veio no dia seguinte: "Obrigada pelo elogio. Não tenho namorado. Mas já estou comprometida".

Pronto! Ela acabara de entrar para a seleção das intocáveis. As casadas. Mulheres com cheiro de pólvora. Só me restava desejar felicidades à Carolina. E foi esta minha mensagem: "Boa sorte no casamento!". A resposta chegou duas horas depois: "Obrigada por desejar sorte. Mas, para um casamento dar certo, é preciso mais que isso". Realmente, ela era enigmática. Poderia ter dito apenas "obrigada".

Não resisti. Continuei a conversa: "Depois de três casamentos, concordo com você. Para dar certo, é necessário mais do que sorte. Amor, cumplicidade, prazer, amigos, chocolate, um bom psiquiatra e respeito pela individualidade do parceiro. Uma armadilha que aprisiona os recém-casados é a anulação das identidades. Somos tentados a criar um novo ser chamado "casal". Aos poucos, ele nos absorve. Desaparecemos. E, para ressurgir, lutamos contra ele. Mas, quem sabe, um dia a gente aprenda a preservar nosso espaço, nosso tempo, nossos desejos. E, ao evoluir mais um pouco, perceba que o outro também tem direito a isso tudo".

A nova resposta de Carolina me deixou intrigado: "Nada como a experiência para desvendar os segredos da vida conjugal. Se fizesse opção pelo matrimônio me lembraria dessas palavras. Abraços". Como assim? Se fizesse opção pelo matrimônio? Achei que fosse casada. Ou, noiva. Para acabar com a dúvida, enviei uma pergunta direta: "Carolina, você é casada?". E, desta vez, a resposta me surpreendeu: "Não. Mas, em breve, serei uma das esposas de Jesus. Entro para o convento em uma semana".

Nunca havia me sentido atraído por uma freira. Jamais pensei ter Cristo como concorrente. Mas Carolina poderia mudar de ideia. Ainda me restavam alguns dias. Para atraí-la, inventei uma história: "Quero lhe agradecer. Você, sem saber, me inspirou em meu novo livro. O título provisório é *Minha*

Mulher a Deus Pertence. No roteiro, um homem se apaixona por uma linda loira numa livraria. Mas ao saber que ela quer ser freira, fica inconsolável. E tenta de tudo para conquistá-la".

A resposta veio em poucas frases: "Fala sério! Mas, do jeito que escreve bem, com certeza vai ser sucesso. Abraços!". Diante do inevitável, decidi esquecê-la. Como se fosse possível... Primeiro, queria ver aonde chegaríamos. "Você poderia sugerir um nome para a personagem de meu livro?" Resposta: "Que ideia maluca. Parece uma comédia romântica. Precisa parar de ver esses filmes. Rs...".

Como em tudo na vida, a sedução não deve estar limitada a uma questão de certo ou errado. A gente se pergunta: "Será que ela vai gostar do que vou dizer?". Mas a inteligência das mulheres ultrapassa nossas frases repensadas. Durante a conversa, só há uma certeza: jamais devemos perder o raciocínio. Se mudamos o foco, começam a pensar na cutícula ou em outras questões tão urgentes quanto essa. Por isso, persisti no alvo: "Preciso apenas de um nome. Nada mais".

Já estava mergulhado nos caminhos da paixão... Um viajante com destino incerto. Guiado pela imagem da fila do cinema. Encantado por uma futura freira. Mas ela ainda poderia sugerir "Carolina". O passaporte para me tornar senhor supremo de seu futuro. Ao indicar o próprio nome, estaria se libertando. Embarcaria nas aventuras mais fantásticas que jamais ousara imaginar. Muito vinho, música clássica... Um cenário que ela adorava.

Embora, seu perfil no Orkut estivesse vazio, Carolina revelava a personalidade na escolha das comunidades. Oitenta e duas estavam listadas em sua página. Uma das mais curiosas tinha 3.012 participantes: "Eu tenho sapato rosa!". Nem sabia que vendiam tanto calçado cor-de-rosa. Mas o que significa "ter sapato rosa"? Deve ser algo muito bom. Quem tem faz questão de dizer: "Eu tenho sapato rosa". Acho que jamais vou entender a profundidade desse sentimento.

Logo depois, outra relacionada a sapatos: "Eu não desço do salto". Na foto de apresentação, mais um par cor-de-rosa. Em seguida, "Chuta que é macumba!". Haja personalidade e patuás para chutar! A comunidade tinha 623.982 membros. Por isso que há tempos não vejo "trabalhos" nas encruzilhadas...

E a cor, exaltada nos pés, aparece de novo: "Quando bebo, fico rosa" com 21.389 integrantes. Uma amostragem e tanto! Pode ser algo que andam botando na bebida. Carolina também fazia parte da "confraria do vinho acessível", outra comunidade. Será que é por isso que ficam rosa? Achava que vinho barato só dava dor de cabeça.

Ainda no campo das bebidas, a futura freira parecia gostar de leite fermentado: "Só faço um furinho no Yakult". Ela e mais 401 pessoas. Agora entendi a história do rubor na pele. Vinho barato + Yakult = pele rosa. Talvez a equação explique ainda a preferência pela cor do sapato.

Mas Carolina também tinha gostos refinados. Estava em comunidades de gente com bom paladar. Que aprecia música clássica. Adoro mulheres com ouvido seletivo. Será que ela já assistiu ao filme *Violino Vermelho*?

Começa no século XVIII. Um artesão italiano constrói um instrumento perfeito. Um presente para a esposa grávida. Mãe e filho morrem no parto. Depois, o violino se torna o centro da história. Viaja ao longo dos séculos, das culturas, das línguas. Todos que o tocam vivem de forma intensa. Mas uma misteriosa sina acompanha o instrumento. A minha, foi me apaixonar por Vivaldi. Gênio das composições para violino. Ao som de *Inverno,* em seu magnífico primeiro movimento, a admiração se tornou amor eterno. Acho que todo mundo deveria ter um CD com *As Quatro Estações*.

"É tão absurdo dizer que um homem não pode amar a mesma mulher toda a vida, quanto dizer que um violinista precisa de diversos violinos para tocar a mesma música."

Honoré de Balzac

Nosso futuro já tinha trilha sonora. Poderíamos começar pela *Primavera*. Esquentar o clima no *Verão*. E lá ficar. A história é minha. Mas ainda precisava de um nome. Sem o qual, viveria eternamente no momento mais triste da obra. O melancólico segundo movimento do *Outono*. Lindo. Mas muito triste. Melhor falar de filmes...

Stanley Kubrick, em *De Olhos Bem Fechados*, me ensinou que a verdade é a melhor resposta. Embora nem sempre convença. Aconteceu com Pamela. Um recado inesperado no Orkut despertou o ciúme da mais tatuada de minhas ex-namoradas.

Sete desenhos. Todos em locais estratégicos. Tenho saudade daquela rosa vermelha no cóxi. "Só os eleitos podem ver. Poucos, tocar" dizia ela, que concluía: "Mas quem acredita, sempre alcança". Eu acreditei. Adorava regar aquela flor. Mas, um dia, perdeu o perfume. Arranhada por espinhos invisíveis de um ciúme cego.

O fim da nossa história começou num restaurante de comida a quilo lotado. Eu estava só. À mesma mesa, uma jovem sentou-se com a avó. Depois de dois minutos num silêncio constrangedor, comecei a conversar com elas. Falamos do sol, da praia e do uso de gravata no calor do Rio. Para ser gentil, paguei a conta. No dia seguinte, a moça me encontrou no Orkut. Para agradecer a gentileza no almoço, deixou um recado: "Mais uma vez, muito obrigada". Pamela não acreditou no conto da vovozinha.

Por falar em avó, como são doces as mulheres. Aos 20 anos, doces e lindas. Aos 30, continuam assim. Aos 40, 50, 60, do mesmo jeito. Chegam aos 70, como minhas avós, ainda lindas. Doces. Mas, tenham que idade for, viram bicho ao serem contrariadas...

Outra característica das mulheres: todas querem casar. As que já foram casadas, bem menos, é verdade. Mas se aparecer um homem especial, inteligente, carinhoso e "resolvido", como elas dizem, por que não? Uma amiga me contou um segredo. Muito íntimo. Disse que só aceita um convite para jantar quando o homem preenche os requisitos necessários de um futuro marido. Mal sabe o anfitrião que a conta pode sair mais cara do que imagina.

E como saber se o namoro já começou? Elas sabem. Se aceitam o convite para jantar, dizem que estamos "nos conhecendo". Se nos beijamos num segundo encontro, acham que estamos "ficando". No terceiro, "namorando". No quarto, "estamos noivos". Isso, na cabeça delas! A maioria dos homens acha que está só "pegando". E se rolar um quinto encontro, e um novo quarto, ela conta para a mãe, para as irmãs, para as primas... Diz até que já planejamos o futuro. Quanta viagem! O homem, que estava só "pegando", desaparece por uns dias. Ela telefona. Diz que "precisamos discutir a relação". E, claro, a gente responde em forma de pergunta: "Que relação?".

Como gostam disso... Algo que a gente jamais vai entender. Afinal, o que é discutir a relação? Nem elas sabem. Um dia, o homem decide relaxar e diz: "Tudo bem! Pode começar". O que acontece? Ela se cala. Fica sem saber o que dizer. Chega a ensaiar um "é que a gente tem que conversar mais...". Mas depois de três ou quatro frases, diz que precisa ir à cozinha ver se tem algo queimando...

As melhores transas seriam aquelas depois das brigas. Pena que ficam só nos sonhos masculinos. Embora elas também queiram, não dão o braço a torcer. E o casal perde uma bela noite de prazer. As pessoas deveriam ser mais verdadeiras em seus sentimentos. Se você quer fazer algo, faça. Se quer falar, fale. Se não quer, cale. A verdade é sedutora.

Mais uma da série "mulheres": reclamam, reclamam, reclamam. Acho que ainda posso repetir a palavra mais umas duas vezes: reclamam e reclamam. Melhor assim. Carolina confirma minha tese. Ela fazia parte da comunidade "adoro reclamar". São 136.205 membros. Das 12 fotos iniciais, 9 eram de mulheres. Mais de 80%. Preciso falar mais?

A vida de solteiro nos poupa das reclamações. Ainda não me arriscaria afirmar com segurança que é melhor morar só. Mas, sem dúvida, há uma sensação de tranquilidade na casa. Posso acordar a hora que quiser. Dormir, ou não dormir, se quiser. No domingo, comer banana o dia inteiro. E, tudo isso, sem ninguém para reclamar.

Dizem que mulher grávida reclama muito. Por questões óbvias, creio. Mas as acho tão sensuais. Uma atração inexplicável. Ficam mais radiantes. A pele, mais viçosa. O cabelo, na cor natural. Até as espinhas são bonitinhas. Dá vontade de ficar nove meses inteiros olhando para uma gestante. Pensando melhor, acho que não. Haveria muita reclamação.

Mas antes da gravidez, em geral, tem o casamento. Que dura, em média, menos de quatro anos. Verdade! Li numa pesquisa que metade das uniões atuais acaba em torno do terceiro ano. Cerca de 20% dos matrimônios chegam ao quinto. O último dos infernos conjugais. O restante, menos de um terço, segue em frente.

O estudo não dizia se a felicidade está presente na vida dos casais que permanecem unidos. Mas fui realmente feliz em minhas três relações amorosas. Se nascesse de novo, gostaria de me casar com as mesmas mulheres. Depois, botaria a fila para andar.

A gente aprende muito com as esposas. Principalmente, a amar. Há substantivos que não são femininos por acaso. Solidariedade, compaixão, dedicação, tolerância... Não, tolerância não. Peça para uma mulher ser objetiva. No início, ela tenta. O homem oferece ajuda para agilizar a história. A bela se irrita. Nossa praticidade parece incomodar as mulheres.

Minha avó materna adorava detalhes. Para dizer que o moço da padaria errou no troco esta manhã, ela tinha que começar a história pela semana passada. Talvez seja hereditário. Minha mãe fica furiosa quando peço que comece pelo fim.

Elas não entendem nosso ritmo. Homem gosta de filme, de futebol. Duram em torno de duas horas. E acontece de tudo. No campo, a falta de mulher bonita é compensada pelo prazer do gol. Já as mulheres adoram novela. Acreditam que o Reynaldo Gianecchini está falando italiano. E que estão conseguindo entender tudo. Seis meses de história! Como sofrem essas mulheres...

Cortam os cabelos no dia em que estão mais bonitos. Ou, pintam de uma cor que elas juram ser ruivo. Isso, quando não decidem fazer a escova definitiva. Três noites com aquele cheiro horrível na cama. E se a gente não repara nas mudanças, pronto! Parquinho fechado por uma semana. Depois de alguns dias, a gente pergunta se ela está com algum problema.

Responde que nós homens é que temos problemas. "E um deles é não reparar em sua própria mulher." Diz que se empenhou toda para ficar mais bonita. Mas, "como sempre", palavras dela, "nem notei...". Então, o inteligente homem da casa diz: "É, está diferente". Elas detestam essa frase. Nem adianta tentar explicar o que significa "diferente".

A sequência da conversa já é conhecida. Mas não entendo por que a gente acaba falando sempre a mesma coisa: "Amor! Acho você bonita de qualquer jeito". Outra asneira masculina. Deflagrado o conflito final. "Viu? Você não gostou mesmo!". Mais uma semana sem o túnel do amor. Depois, tudo volta ao normal.

Outra reclamação comum das mulheres é sobre o peso. Todas querem perder dois quilos. Nem percebem que bastaria deixar as bolsas em casa. E, se perguntarem: "Você acha que engordei?". Nessa hora, temos que mentir. Um dia, mudei a resposta. Na tentativa de agradá-la, concordei com a opinião de que estaria mais "cheinha". Ela se enfureceu.

A vida das mulheres, realmente, não deve ser fácil. Aqueles corpinhos são bombas de hormônio. Enfrentam os transtornos da menstruação. O drama de ver o corpo se transformar com a gravidez. Depois, encaram milhares de fraldas. Um bebê sugando seus peitos por meses. Porta de colégio. As colunas do prédio no estacionamento. Depilação com cera quente... É muito para um ser humano. Mas a pior parte deve ser aguentar a impaciência dos homens.

"Há vários motivos para
não se amar uma pessoa
e um só para amá-la."

Carlos Drummond de Andrade

Fiquei um dia inteiro sem receber mensagem de Carolina. Acho que a véspera da ida para o convento a deixou atordoada. Se tivesse a oportunidade de revê-la, poderia impressioná-la com minhas habilidades. Uma delas, a flor de papel.

No restaurante, o guardanapo já me rendeu boas conquistas. Primeiro, amasso o papel. Quanto mais enrugado, melhor. Em seguida, abro, sem alisar. Seguro num dos cantos, com movimento de pinça. E, lentamente, começo a envolver o guardanapo em meu dedo indicador. Quanto mais voltas, mais pétalas. Delicadamente, vou modelando a flor. Por fim, enrolo a parte de baixo para formar a haste. Mas o segredo está na entrega. Lenta e saboreada. Acompanhada de duas palavras: "Pra você". Inicialmente, a bela retribui com um sorriso. Horas depois, com uma linda noite de amor.

Aparentemente, mulher gosta de ser surpreendida. Ouvir que tem mãos de bailarina. Que está mais bonita. Mas o pretendente jamais deve dizer que o batom está perfeito para aquela noite. A sombra, linda! Ele corre o risco de entrar para o campo dos amiguinhos confidentes. Mesmo não sendo gay.

Quando se avista um grupo de mulheres, uma boa estratégia é paquerar a mais feia. Elas adoram competir. Rapidamente, a mais bonita começa a lançar olhares para o homem. Ter amigas gordinhas também sempre me ajudou. Costumam emprestar os ouvidos para as bonitonas. E, nessas horas, indicam meu nome como candidato à paquera.

Mas já reparei que não adianta procurar. Nem se produzir. Quando saio de casa todo arrumado, perfume, camisa bacana, não encontro mulheres interessantes. Se vou para a rua de camiseta furada, chinelo, despenteado, lá estão elas. Um dia, você a encontra numa esquina, num shopping, no cinema. Lindos olhos violeta. Sorriso envolvente. A perfeição.

Acho que sempre me apaixonei com facilidade. Também, elas estão por todo lado. No terceiro casamento, perguntei ao psicanalista como me proteger se outra mulher atraente cruzasse meu caminho. Ele sorriu e disse: "Vamos torcer para que ela não apareça".

Mas todo homem precisa de uma musa inspiradora. Uma, pelo menos. A gente respira melhor. Pensa melhor. Às vezes, só nela, é verdade.

Uma nova amiga, que conheci ano passado, me perguntou o que é o amor. Do mesmo jeito que há muitas verdades, a minha, a sua, a nossa, a deles, acho também que há muitos amores. O amor de irmão, o de mãe, o de pai, o amor dos avós, dos amigos, o amor de homem e o de mulher. Mas talvez todos esses amores tenham uma característica em comum: a sensação do querer bem. De forma incondicional. Mesmo casada com outro, morando em Paris... Paris não! Afinal, não sou de ferro.

Nunca tive dificuldade para dizer "amo você". Mentira. Aos 15 anos, achava que jamais diria essa frase. Até que, depois de alguns meses de namoro, veio a pergunta: "Você me ama?". No primeiro instante, gelei. Em seguida, com naturalidade, respondi: "Claro! Amo muito!".

Mas se separar é outra história. Uma das piores sensações que já vivi. Talvez, pior mesmo que a morte de alguém muito próximo. Na perda de um parente, nada podemos fazer. Na separação, somos obrigados a nos desligar do outro. Como se o matássemos dentro de nós. Um luto necessário. Depois, você o liberta, o ama de verdade.

A vontade de ter um animal de estimação pode sinalizar perigo no casamento. Mulheres infelizes costumam arrumar um "gatinho". Certamente, para suprir a carência afetiva.

Só que esse animalzinho vive, em média, 15 anos. E sobra pra quem? Para o futuro marido.

Ela chega com o bichinho no colo. Sorri e diz: "Olha como é lindo! E gostou de você!". Com outro sorriso, amarelado, a gente responde: "É, acho que sim...". Mas, no fundo, as mulheres não querem gatinho. Querem respeito, atenção e amor. Além de jantares, viagens e joias. Por que não?

As fraldas, os travesseirinhos, os gatinhos e os cachorrinhos fazem parte do mundo lúdico feminino. Um universo que as acompanha mesmo já adultas. A maioria tem acessórios de estimação. Algumas chegam a dormir com pandas de pelúcia. Só Freud...

Meu amor por Carolina ainda era muito imaturo. Mesmo sem tê-la, a posse me consumia. Mas a derrota para o convento parecia inevitável. Restava-me apenas um dia para livrar minha futura mulher dos perigos da castração.

O catolicismo justifica o celibato como um ato de fé baseado na história de Jesus. Cristo, segundo a Igreja, teria sido solteiro. Mas historiadores afirmam que o voto de castidade começou na Idade Média. Uma prática para evitar as disputas de herança. Consequentemente, a perda de posses.

Jovem, linda e casta. Seria feliz assim? Duvido. Ovulação não combina com abstinência sexual. A natureza imposta por Deus seria renegada. Havia ainda outro perigo. O império da rotina. Um grande mal que detona as relações.

No início do casamento tudo é lindo. A gente brinca de casinha. Faz comidinha. Namora na caminha. Vai ao cineminha.

Uma vidinha perfeitinha... Acorda e dorme, fazendo tudo do mesmo jeitinho. Com o tempo, isso enche seu saquinho. Você fica irritadinho. E se separa rapidinho. Minha experiência pregressa poderia livrar Carolina das limitações do hábito. E do inferno tedioso da maioria das uniões estáveis.

Morar junto requer maturidade. Aquela que a gente alcança quando se percebe feliz sozinho. Mas antes de começar a sorrir, chora-se muito. Lágrimas que vivificam. A dor que antecede a luz.

Sempre gostei de frases profundas. O sofrimento é criativo. Tenho pensado no que gostaria que lessem em meu túmulo. A sabedoria de uma vida. "Aqui jaz um homem que amou." "Viva enquanto pode." "Sorria, você está de pé!" Ou, citaria Shakespeare, em Hamlet: "Não há nada de bom ou de mau a não ser na opinião de cada um".

Aquele estava sendo um dos dias mais longos de minha vida. Lembrava-me o tempo todo de uma frase do filme *Amor Sem Fim*: "No final, é essa a nossa queixa: caminhos que não seguimos, pessoas que não tocamos".

Eu precisava falar com Carolina. Decidi mandar uma última mensagem. Um adeus. Um "seja feliz". Tinha que me libertar daquela paixão. E desta vez, sem esperar resposta alguma. Para depois, voltar ao cinema e, quem sabe, encontrar a verdadeira mulher de minha vida. Julia Roberts, Sharon Stone, Nicole Kidman...

"Amamos geralmente as mulheres belas por inclinação; as feias por interesse; as boas, por raciocínio."

Abraham Nicolas Amelot de la Houssaye

Foi num cinema, em Nova York, que conheci minha primeira mulher. Naquele verão de 1993, estreava *Sleepless in Seattle*. "Sintonia de Amor." Tom Hanks e Meg Ryan. Desconhecidos, de vida amorosa vazia, que descobrem o amor com a ajuda de uma criança, o filho de Tom. O menino prepara o encontro do casal no alto do Empire State Building. *When I Fall in Love* embala o primeiro abraço. Que lindo...

Marina estava de férias. Uma linda loira de olhos castanhos. Sentamos lado a lado. Ela conversava com uma amiga antes do início do filme. Falavam sobre os impressionistas.

Minha futura consorte havia ficado fascinada no dia anterior com *A Noite Estrelada*, de Van Gogh. Uma das preciosidades do Metropolitan. O sotaque parecia familiar. "Vocês duas são do Rio?" Ela sorriu surpresa: "Somos de Búzios!" Eu esperava o "e você?". Mas o filme começou. Não me lembro do nome do perfume que ela usava. Era delicioso. Durante duas horas, com minha visão periférica, namorei aquele perfil. Um nariz lindo. Que variava de cor no passar das cenas. Lentamente, encostei meu braço no dela. Desde o início, foi uma mulher de atitude. Num movimento inesperado, segurou minha mão. Nosso primeiro beijo foi ao som de *As Time Goes By*...

Muito se aprende com mulheres decididas. Dia seguinte, no fim da tarde, ainda bem quente, passeávamos no Central Park. Paramos para comprar picolé num daqueles carrinhos. Escolhi um sabor refrescante. Limão. Ela preferiu tangerina. Mas depois de experimentar o meu, com muito jeitinho, acabou ficando com ele. A velha teoria da mulher no restaurante diante do cardápio. O picolé de tangerina derreteu rapidamente. O papel que o embalava já estava melado. Mas não havia lixeira por perto. "Acho que vou deixar aqui no chão. Depois, o pessoal da limpeza retira." Foi ali que tudo aconteceu.

Primeiro, recebi um olhar furioso. Os lindos olhos castanhos se transfiguraram. Naquele instante, percebi que Marina era a mulher de minha vida. Na verdade, a primeira delas. Olhou fixamente para o papel. E, lentamente, levantou a sobrancelha esquerda. Foi assustador. Antes que falasse, me antecipei: "Acho melhor procurar uma lixeira!". Dois passos depois, a pedi em casamento. O "sim" viria naquela noite. Iluminado pelos fogos do quatro de julho. Ao sair do parque, combinamos de nos encontrar no Village.

No verão de Nova York só escurece depois das nove, hora do espetáculo. Sentamos no asfalto. Às margens do Rio Hudson. Nunca tinha visto tantos gays reunidos. Nem fogos em forma de estrela. Primeiro uma vermelha. Depois, azul. E uma grande explosão dourada no céu. "*Yes, yes, yes, yes, yes...*" – Marina gritava sem parar. Achei que estivesse emocionada com o show. E, continuou: "*Yes, yes, yes, yes, yes...*" Perguntei se estava tudo bem. "*Yes, yes, yes, yes, yes...*" Já pensava em procurar os paramédicos, quando ela segurou em meus ombros e disse: "Sim! Eu aceito!".

Viemos para o Brasil na semana seguinte. Nosso filho, Miguel, nasceu sete meses depois. Tem os olhos da mãe. Em seguida, fizemos a pequena Júlia. Parece muito comigo. Fomos, realmente, uma família feliz. Mas depois de muitas alegrias, Marina e eu, entramos para a estatística dos que se separam no terceiro ano.

Hoje, os três moram na Suíça. O padrasto das crianças é diplomata. Meus filhos falam dele com carinho. Todos os anos, passamos juntos as férias de agosto. E, todo mês, a Embratel leva boa parte do que ganho em minha agência de publicidade.

Três anos também durou meu segundo casamento. Vitória era muito sedutora. Longos cabelos castanhos. Olhos cor de mel. Filha de espanhóis. Herdou uma cultura admirável. Falava cinco línguas. A do amor, como ninguém. Que lábios... Nosso encontro foi em Salvador. Ela subia o Pelourinho com a mãe. O vento no vestido azul a deixava ainda mais deslumbrante. Eu tomava um café na Fundação Casa de Jorge Amado. Elas entraram à procura de água de coco. Não havia. Levantei-me antes que saíssem. "Vocês já procuraram aqui ao lado no bar do Olodum?" Assim, começou nossa história. Mas a morena fazia o tipo difícil. Para conquistá-la tive que aprender a falar espanhol, com sotaque de Madri, e a gostar de ostras. Tudo para agradar a sogra. Paixão de Vitória.

A arquiteta morava em São Paulo. Numa bela casa em Alphaville. Com a morte do pai, a empresa de ônibus da família começou a dar prejuízo. O dinheiro não duraria muito. Um dia, tentei alertar o irmão mais velho. Raul me lançou um daqueles olhares de *O Poderoso Chefão*. Vitória tomou as dores do primogênito e nos afastamos.

Na semana seguinte, ela veio ao Rio. Havia decidido abandonar o capitalismo paulistano. Trouxe duas grandes malas. Outras 12 chegaram no fim da semana. Meu apartamento de quatro quartos virou quitinete. A criativa *señorita* de sangue madrilenho derrubou duas paredes. Construiu seu ambiente preferido. Um gigantesco *closet*. Trinta metros quadrados. Depois que ela se foi, Elvis se mudou para o armário central.

Mas o labrador parou de sorrir. Acho que sente falta daqueles olhos cor de mel. Foram anos deliciosos. Sem as ostras teriam sido ainda melhores...

E o que dizer desta vez? Ao me despedir de Carolina, deveria mostrar que tenho um grande coração: "Quem ama liberta!". Mas poderia ser mais original. Uma frase que me revelasse livre das fraquezas humanas. Difícil... Acho que não existe alguém assim. Que passasse a mensagem de "siga em frente". De preferência comigo. O que escrever? Seria bom passar uma ideia de movimento: "Vem pra mim, vem!". Não adiantaria. E, do jeito que elas adoram contrariar, poderia ser pior. Depois de rascunhar 40 linhas, me inspirei na síntese dos grandes poetas: "O amor cresce na verdade. Sempre vou amar você". Mas já era quase uma da manhã. Numa decisão acertada, deixei para enviar a mensagem no dia seguinte.

*"Há sempre alguma
loucura no amor.
Mas há sempre um pouco
de razão na loucura."*

Friedrich Wilhelm Nietzsche

Um amigo me ensinou uma grande lição. Diante da urgência aparente, nada há de tão importante que não possa ser dito ou feito no dia seguinte. Onze da manhã. Depois de sonhar a noite inteira com Carolina, lá estava ela em forma de mensagem: "Desculpe a demora na resposta. Já entrei para o convento. Só agora tive acesso ao computador da secretaria. E começo a achar você meio doido, com essa história de um nome para a personagem. Abraços".

Bem diferente da mensagem que recebi de Carolina em meu sonho. Acordei com o texto ainda na cabeça: "Estava brincando com você! Leonardo, não vou me casar com Jesus!". Mas ao encarar a realidade, decidi esquecê-la definitivamente. Agora, ela é freira. O sonho se foi...

Na tentativa de me livrar do sofrimento, digitei rapidamente: "A demora em sua resposta me ajudou a definir um nome: Rita. Esses cinco dias sem mensagem também me fizeram dar novo rumo à história. Já tenho quase 50 páginas. E, Carolina, se ser doido é ser fora do padrão, sou sim! Foi um prazer trocar breves frases com você. Abraços e, mais uma vez, boa sorte na vida religiosa".

O sonho é o alimento da alma. Abandoná-lo nos enfraquece. Posso ter sido covarde. Talvez, sábio. Mas, com certeza, a amei ao respeitar seu momento. Ela estava casada com Jesus. Precisava vivenciar a relação. Quem sabe, quebrar a cara por abrir mão dos prazeres do mundo... Ou ser muito feliz. Em busca das minhas verdades, fui fazer compras. Aprendi isso com uma tia.

Peguei a estrada, em busca de um shopping bem distante. Céu azul, ar-condicionado e Frank Sinatra. A música pode fazer milagres. Ao som de *Lady Is a Tramp*, mesmo com chuva, o dia estava lindo! No caminho, percebi que ainda estava vivo. Carolina virou freira e o mundo não acabou... Que sensação boa! No rádio, já tocava Adriana Calcanhoto. Mesmo assim, continuava feliz.

A viagem me levou a Petrópolis. Sempre gostei de camisa nova. Comprada em outras cidades. Evito o constrangimento de encontrar uma igual jantando ao meu lado. Outra vantagem: as lindas vendedoras. Assim, conheci Joana.

A vida é curiosa. Basta libertar-se, para se ver amarrado. Foi amor ao primeiro sorriso. Já havia procurado em outras quatro lojas. Nada interessante. Nem roupas. Tinha quase desistido. Numa última tentativa, fui até o fim do corredor central. Ela estava sozinha na loja. Outra figura angelical. Sentada num banquinho. Abotoando camisas. Lembro-me do lento movimento de sua cabeça. Os olhos deixaram o colo. Voltaram-se para mim. O sorriso dela foi se abrindo. Segundos que pareciam horas. A preparação de uma pintura que ficaria eternizada em meus sonhos futuros.

Sempre gostei de quadros. Meu nome deve ter influenciado. O responsável foi meu avô. O velho Giuseppe. Dizia que os homens da família deveriam levar na identidade a lembrança de gênios da arte. Meu tio, Michelangelo, foi o primeiro a receber a maldição. Depois, minha mãe, Mona Lisa. Para as mulheres, a inspiração vinha de obras famosas. Tenho uma tia chamada Vênus de Milus. A que me ensinou a comprar. E embora a combinação com meu sobrenome seja tenebrosa, me chamo Leonardo da Vinci Yamamoto. Meu pai é neto de japoneses. Júnior, meu irmão, se livrou da profecia. Apesar de toda a genialidade do homem que pintou o teto da Capela Sistina, preferia que me chamassem de Picasso.

Ao pesquisar Carolina, encontrei explicações para a vocação religiosa: *Pessoa que revela nobres sentimentos sempre que solicitada*. Nome derivado de Carla: fazendeira, em alemão. Mulher com aguçada capacidade de observação. Capaz de descobrir o lado oculto dos outros. Nunca usa esse dom de forma inescrupulosa. Age sempre com polidez. Expõe suas ideias sem ser autoritária. *Variação de Carlos, másculo, em inglês antigo*. Portanto, feminina, em português atual. Só para mexer ainda mais com os instintos de meu *coração de leão*: Leonardo, em alemão arcaico.

Ao chegar em casa, corri para o computador. Um sonho não se abandona facilmente. Havia uma mensagem dela: "Achei que estivesse brincando sobre o livro! Espero que tenha um final feliz! Não vou lhe desejar 'sorte' porque não acredito nela. Somos o que somos, e conquistamos o que temos, por nossa própria iniciativa. Se não somos, ou não temos, é porque não fomos em busca de nossos sonhos e desejos. Talvez, pareça um pouco teimosa ao pensar assim. Bem, adorei conhecer você. E, se desejar, faço questão de ler seu livro. Abraços!".

Havia ainda uma segunda mensagem de Carolina: "Posso perguntar uma coisa? Bem, poder posso. Mas, se preferir, sinta-se no direito de não responder. Por que seu perfil no Orkut é tão enigmático? Escondendo-se de alguém?".

Gosto de analisar o que as pessoas dizem. Vamos começar pela primeira mensagem. Depois de me rotular de "meio doido", e talvez com razão, tenta agora se redimir: "Achei que estivesse brincando sobre o livro!". Em seguida, em minha visão apaixonada, Carolina abre a guarda ao desejar um final feliz para a história. Depois, me desafia a conquistá-la. A ir em busca de meu desejo. Ao mesmo tempo, fala de uma pessoa cheia de sonhos não realizados pela própria teimosia: ela. Destaca que adorou me conhecer. E conclui com "Abraços!". Uma forma de tentar se manter distante? Mas se tivesse optado por "Beijos!" encostaríamos apenas as bochechas. Seria então um conclusivo convite a tocar-lhe partes mais volumosas?

Na segunda mensagem, pontos interessantes. As duas primeiras frases confirmam minha suspeita. "Posso perguntar uma coisa? Bem, poder posso". Carolina é determinada. Homem gosta disso. Depois, faz questão de frisar que vai respeitar meu espaço. "Mas, se preferir, sinta-se no direito de não responder". Realmente, gostei dela. Em seguida, diz que me vê como um enigma. E quer saber se há outra mulher em minha vida. "Escondendo-se de alguém?"

Tinha dois caminhos a seguir. O primeiro, escrever um texto que, em minha opinião, ela esperava receber. Teorizaria sobre a sorte e outras verdades imutáveis do universo. Papos-mulherzinha... Mas estava tentado a provocar seus desejos.

Inicialmente, respondi o segundo e-mail: "Já tive um perfil recheado de dados pessoais. Mas recados indesejados despertaram o ciúme de uma namorada. Explicar o que não existe é bem mais difícil que encontrar saída para situações reais". E encerrei a mensagem com uma provocação: "Mas você sabe que sou muito mais do que uma página sem foto e o número 20 no campo do nome".

As mulheres gostam de ser provocadas. Desperta o lado guerreiro das fêmeas. A força que leva as leoas à caça. Mas também gostam de ser surpreendidas. A flor de guardanapo é perfeita para iniciar o jantar. Diante do papel modelado, os olhos femininos brilham a noite toda. Pelo menos, até a chegada da sobremesa. Sempre de chocolate... Se entregam aos deleites desse potente gerador de serotonina. Nem tento competir. Deixo a amada livre para o prazer sobre a mesa.

Minutos depois, o momento da reconquista. Primeiro, um café para reanimá-la. Em seguida, peço *cointreau*. Dois cálices. O meu, quase transbordando. O licor deve estar na temperatura ambiente. Com um isqueiro, boto fogo na bebida. Se queimar o dedo, mantenho o sorriso sedutor. A chama fica azulada. Quanto mais escuro o local, melhor o show. Mas jamais peço que apaguem as luzes. Mulher detesta exposição. No máximo, que desliguem o ventilador.

Encaro o fogo sem medo. Deste ponto não há mais volta. Sob pena de ser considerado "mariquinha". Mentalmente, repito: "Não vai doer! Eu sou capaz!". E meto o indicador na bebida em chamas...

A prática me ensinou a velocidade. Lento demais, me queimo. Rápido, pareço assustado. Depois de tocar o licor, obviamente, tiro o dedo do cálice. Na ponta, uma chama. Linda e quente. Levo até a boca. Ao encostar na língua, o fogo se apaga. Depois de mostrar que não há perigo, convido minha *partner* para o espetáculo. Se o medo persiste, ofereço meu dedo. Todas aceitam. Missão cumprida.

Depois de repetir o movimento três vezes, é hora de parar. A pele fica sensível. Na quarta, precisaria de Hipoglós. Mas, deixo que minha amada continue... Até se queimar. Com o dedo vermelho, olha para mim e diz: "Como você é valente!". E ela se sente diante do rei da noite. O homem que a fez comer fogo!

Com um sopro no cálice, apago a chama. Antes de beber, conto até 30. Tempo para o vidro esfriar. Em minha primeira vez, fui com sede ao pequenino pote. O nectar de álcool e laranja fervia... Queimei a língua. E perdi a melhor parte: o sabor dos beijos. Com o *cointreau* já frio, bebo aos golinhos. É mais charmoso...

Aprendi a técnica com Nina. Minha terceira esposa. Uma guia de turismo que conheci em Buenos Aires. Era setembro. Ensolarado. Mas o vento da Patagônia cortava a tarde. Quinze graus. Estávamos em frente ao cemitério da Recoleta. O grupo de cariocas andava pela praça. Eu, atrás de Nina: "O início da primavera é sempre frio aqui?". Ela respondeu com outra pergunta: *"Quieres calentarte con tango esa noche?"*. Não sei como suportei aquele sotaque horroroso durante três anos. Acho que eram as pernas. Lindas.

Fomos ao Café Tortoni. O mais antigo da Argentina. Ambiente clássico. Romântico. Gardel foi um dos ilustres frequentadores. E Nina voltou a perguntar: *"Quieres calentarte?"*. "Sim!", respondi à espera da primeira dança. Ela levantou o braço e chamou o garçom: *"Camarero, un cointreau!"*. Depois de queimar o dedo, dancei tango a noite toda.

"Amor é fogo que arde sem se ver."

Luís Vaz de Camões

A vida é surpreendente. Idas e vindas... No momento em que liberto Carolina, ela volta. Já me sentia pronto para assistir a outros filmes. Fazer compras no supermercado. Tenho visto mulheres interessantes por lá. Mas a paixão não está nas prateleiras.

Um dia, numa esquina, cruzo com um par de olhos verde-esmeralda. Brilhantes. A imagem perpassa minha mente o resto da semana. Um mês e meio depois, os reencontro no restaurante japonês da Lagoa. O processo começa. "O acaso não existe. Estava escrito. Tinha que ser..."

A neurose que alimenta o desejo. A certeza traduzida em paixão. Substantivo egoísta. Pai do verbo reflexivo. Em nós, habita. Nasce e morre. E a gente se perde à loucura... Mas, seja como for, é muito bom se apaixonar!

As mulheres parecem mais passionais que os homens. Idealizam. Num grau que jamais conseguiríamos. E, quando vítimas da rejeição, têm um antídoto para o sofrimento. Em segundos, passam a ignorar aquele que poderia ser o homem de sua vida. Ou, pelo menos, um deles. Fêmea rejeitada é um perigo! Ex-mulheres conseguem pôr até juiz na cadeia. Sem direito a visita íntima nem chocolate.

O apavoramento feminino diante do estresse também faz estragos. Minha agência foi contratada por um político de Pernambuco. Fui ao Recife conhecer o candidato ao governo. Na volta, o avião fez escala em Belo Horizonte. Aproveitei para dar uma volta de táxi no lago da Pampulha. Estava com duas funcionárias. Ângela, minha diretora de criação, e Cláudia, nossa melhor fotógrafa. Paramos na igreja São Francisco de Assis. Mal saímos do carro, um jovem armado se aproximou: "Perdeu, perdeu, perdeu!".

Cláudia faz o estilo mulherão. Kit completo. Inclusive, fala demais... "Moço, leva o dinheiro. Mas, por favor, não violenta a gente!" O ladrão abusado sorriu e disse: "Dona, sabe que a senhora me deu uma boa ideia?". Para desespero dele, aos gritos, Cláudia começou a rezar o Pai-Nosso. O assaltante sumiu! Depois do susto, a fotógrafa ficou mais criativa no trabalho. Dizem que trocou a fala pelo pensamento...

Carolina era cirúrgica. Escrevia o necessário para me conquistar. A resposta à minha última mensagem chegou no dia seguinte: "Também tento manter a privacidade no Orkut. Por segurança. Gosto desse ambiente para o contato com amigas que moram em outros estados. Mas adorei conhecer você dessa forma inusitada. Preciso voltar ao cinema! Mais abraços!"

Estaria me convidando para um reencontro? Gostei da parte em que falou sobre "manter a privacidade". Sabe guardar segredo. E, certamente, Carolina estava tentada a me rever: "Preciso voltar ao cinema!". O encerramento confirmava minha tese. Os "Abraços!" das mensagens anteriores se tornaram "Mais abraços!".

Diante da fêmea receptiva, a testosterona move o macho. E a loira de olhos violeta esperava meu próximo passo. Seria hora de um convite para revê-la? Poderia dizer que "estou pensando em ir ao cinema do Leblon, quarta-feira, nove da noite...". Não. Mulheres preferem atitude. "Quero ver você" seria mais eficaz.

Mas a vida religiosa era um limitador. Nosso encontro estaria restrito à troca de olhares na fila. Pouco para um homem apaixonado. Queria levá-la para jantar. Olhos nos olhos. E tínhamos tanto para conversar... Será que já foi a Paris? Gosta de chocolate meio amargo? Que livro está lendo? Mas com tanta pergunta, haveria o risco de nos tornarmos amigos. A aproximação exigia planejamento.

As mulheres escolhem maneiras curiosas de se aproximar. Um dia, ganhei um bombom de seu Manoel. O dono de uma loja de doces perto da agência. Olhei meio ressabiado. "Será que esse bigodudo está afim de mim?" Com aquele simpático sotaque português, me disse sorrindo: "Uma moça pediu que eu lhe entregasse essa trufa. E falou para eu não dizer quem ela é!". Até hoje, guarda segredo. Às vezes, ainda sorri de forma estranha. Outro dia, elogiou minha camisa. Será que está tentando me dizer alguma coisa?

Outras moças são mais diretas. Fernanda descobriu meu e-mail. Pelo menos, era esse o nome na mensagem. E uma única frase. Aliás, duas: "Oi. Quero conhecer você". Fiquei assustado. Imaginei logo uma perversa. Daquelas insaciáveis. Chicote na mão. Mas talvez estivesse enganado. Poderia ser uma mulher decidida. Madura. Alguém que sabe o que quer. Respondi como ela. De forma objetiva. "Oi. Quem é você?". Nunca mais apareceu.

E para Carolina? O que escrever? A dúvida me consumiu a tarde inteira. Seria hora de dizer "o amor cresce na verdade?". Não. Ela acharia muito enigmático. Talvez, piegas. Além de parecer frase de despedida.

Já havia anoitecido, quando parei com a frescura. Depois de reler o final de seu e-mail, "Preciso voltar ao cinema! Mais abraços...", segui o raciocínio: "Desde que seja um romance, bem-humorado, final imprevisível, por que não? Mais abraços...".

Como num jogo de xadrez, a resposta me deixaria em xeque. Veio na manhã seguinte: "O filme ou a realidade? E, Leonardo, o que você faz da vida?".

Boas perguntas sempre abrem espaço para boas respostas: "Só os filmes são assim. A realidade é previsível. Quem deseja, consegue. Os outros, como você já disse, dependem da sorte. E, respondendo sua segunda pergunta, tenho uma agência de propaganda. A Léo20. Agora, minha vez de perguntar: Quando você irá ao cinema?".

Por falar em filmes, estava ansioso para cantar um dos temas da Disney para Carolina. Outra de minhas habilidades. Melhor que a flor de guardanapo. Mais sedutor que o truque do fogo. Mas essa canção é perigosa. Uso com cautela. Desperta nas mulheres uma profunda paixão. Só as especiais merecem o espetáculo. Por precaução, evito informar a origem da música: Pinóquio. Poderiam associar às mentiras. Embora, o nariz tenha um lado fálico interessante.

Primeiro, digo que me lembrei de uma canção. Composta no início dos anos 40. E, olhando nos olhos dela, antecipo a tradução da letra: "Quando você faz um pedido a uma estrela, não importa quem você é. Tudo que seu coração desejar, você vai conseguir. Se seu coração está nos seus sonhos, nada é impossível quando você faz um pedido a uma estrela, como fazem os sonhadores". Depois, é só cantar:

When you wish upon a star / makes no difference who you are / anything your heart desires / will come to you
If your heart is in your dreams / no request is to extreme / when you wish upon a star / as dreamers do

A música prossegue. Mas bastariam essas duas estrofes para encantar Carolina. Claro, desde que eu não desafinasse, tropeçasse no ritmo... Uma vez, esqueci a letra. Minha espectadora começou a rir. Fiquei muito sem graça...

Música e mulher combinam bastante. Tenho saudade dos *hi-fi* da adolescência. Os bons tempos da dança da vassoura. Numa mesma música, abraçava todas as garotas da rua. Na vitrola cor-de-abóbora, o vinil do jovem Peter Frampton: *Baby I Love Your Way, I'm In You*... Beijos na garagem. No canil. Litros e litros de refrigerante.

Numa daquelas noites, aprendi uma lição sobre as mulheres. Roberta beijava como nenhuma outra de 12 anos. Linda, inteligente, aparelho nos dentes. Usava um belo vestido branco com bolinhas vermelhas. A festa era na casa dela. Recebia os convidados na varanda, local do baile. Seus cabelos ainda estavam úmidos. No primeiro abraço, espirrei. Era o xampu. Tinha cheiro de mato molhado. Caí na besteira de elogiar. Nas semanas seguintes, o aroma do campo a perseguiu. Perguntei por que só usava aquele xampu. "Porque esse é o único que você gostou. Fiz um teste com outros três. Mas como só elogiou esse, agora é meu preferido." Há horas em que é melhor se calar.

"Um homem se apaixona através de seus olhos. A mulher, através de suas orelhas."

Woodrow Lyle Wyatt

Quando chove forte, os aviões ficam mais bonitos na pista. O saguão, mais atraente. Depois de passar o dia em São Paulo, estava ansioso por chegar em casa. Mas o mau tempo deixou Congonhas fechado por duas horas. No aeroporto-prisão, ganhei uma visita íntima.

Débora era comissária de bordo. Daquelas de encher os olhos. Uma conversa encantadora. Tempestade, cardápio de voo, capitais do Nordeste... O papo já se encaminhava para os lindos olhos verdes, que ela deve ter herdado da mãe. Mas a chuva passou. A aeromoça precisava embarcar para Manaus. Semana seguinte, China. Trinta horas de viagem. Mais trinta para voltar. E depois? Qual o próximo destino? Em dois minutos, decidi minha vida: "Débora, foi um prazer conhecer você!".

Cheguei em casa por volta das 11 da noite. Havia um e-mail de Carolina, enviado no fim da manhã: "Madre superiora quer ver o novo filme sobre a vida do Papa João Paulo II. Vamos esta noite. Leblon 2, nove horas. Outra coisa: adorei o site da Léo20. E, se me permite um comentário, você parece muito jovem para ter todo aquele currículo. Abraços".

Perdi Carolina pelo atraso na ponte aérea... Certamente, causado pela Lei de Murphy. Teoria descrita, no fim dos anos 40, pelo engenheiro americano Edward Murphy. "Ed" trabalhava numa pesquisa sobre acidentes na aviação. Indignado com o erro primário de um técnico do laboratório, rosnou: "Se houver uma maneira de fazer a coisa errada, ele faz!". E fiz. Fui a São Paulo num dia de chuva...

Ao ler a mensagem de Carolina, pensei em correr para o cinema. Quem sabe, esperá-la na saída. Mas ela estava acompanhada. Poderia ficar constrangida ao lado da madre superiora. Minha resposta: "Que bom que gostou do site da Léo20. Sobre o cinema, acho que vivemos uma espécie de feitiço de Áquila. Para não dizer Lei de Murphy. Você mandou a mensagem de manhã. Só pude abrir meu e-mail às 11 da noite. Passei o dia em São Paulo... Perdi a chance de revê-la".

Como nas últimas duas mensagens, Carolina enviou a resposta na manhã seguinte: "Talvez o feitiço seja necessário.

Quem sabe, pessoas certas na hora errada... Leonardo, vou ser sincera com você. Não me sinto à vontade na situação em que vivemos. Em alguns momentos, me parece inofensiva. Em outros, não. Confesso que tenho acordado ansiosa por ligar o computador. Que explicação isso pode ter? Deixa pra lá... Acabei indo sozinha ao cinema. Acho que você teria gostado do filme. Agora, quero ver o que está em cartaz no Leblon 1. Talvez ainda hoje. Isso, se madre superiora permitir, já que é uma comédia romântica. Abraços. Vejo você amanhã de manhã, numa nova mensagem".

Pelo segundo dia seguido, encarei a chuva em São Paulo. O trabalho me absorveu. Só lembrei de Carolina ao descer no Santos Dumont. E, mais uma vez, já era tarde: "Poderíamos teorizar, em mensagens sem fim, sobre 'feitiço necessário', 'ser sincera', 'sentir-se à vontade', 'ansiedade'. No final, chegaríamos a muitas conclusões. A que mais gosto é a que ouvi de meu penúltimo terapeuta: 'Você está vivo!' E viver é o nosso maior desafio. Carolina, também poderíamos discutir o sentido de 'deixar pra lá'. Mas acho que seria ignorar a própria vida. Não vivê-la. Cheguei em casa depois das nove. Corri para o computador. Por um instante, pensei em sair voando para o cinema. Mas, relutei. Achei que fosse tarde. Já havia perdido a fila. E, diante do seu 'talvez', desisti. Mas, sinceramente, me arrependo. Deveria ter ido. Sem esperar encontrar nada além de mim. Afinal, essa é a nossa busca! Às vezes, mergulho nesses papinhos-divã. Mas, também sei contar piada, viu? E fazer perguntas! Você tem ido à livraria do Leblon? Sabe qual é o horário de menor movimento no sábado? Espero encontrar o que procuro."

Eu precisava encarar Carolina. "Ver" o que ela sentia por mim. Dizem que os olhos não mentem. Mas aprendi com um amigo que a verdade se revela na boca. Não nas palavras. Nem na forma como são ditas. Mas, literalmente, nos lábios. Nosso corpo foi feito para dizer a verdade. Quando mentimos, ocorre um curto-circuito em nosso cérebro. Com habilidade, podemos controlar o tom de voz, a coerência da frase. Mas os músculos da boca acabam nos traindo. Os lábios ficam repuxados. Às vezes, fazem bico. Quem mandou mentir?

Uma funcionária da agência adora dizer que passa os feriados do outono em Bariloche. Mas sempre se trai. Ao descrever o roteiro, faz um bico horroroso. Num desses fins de semana prolongados, a vi no Carrefour comprando papel higiênico. Ela não me viu. Na segunda-feira, contou que tinha ido esquiar... Neve, só na marca do produto.

Depois de enviar a mensagem para Carolina, continuei conectado. Em menos de 15 minutos, minha musa apareceu em forma de pergunta: "Ainda está aí?". Pela primeira vez, estávamos numa conversa quase em tempo real.

Mas antes que começasse a digitar a resposta, já havia recebido outro e-mail dela: "Bem, acho que já se foi. Cheguei agora do cinema. Como sempre, corri para a secretaria e liguei o computador. Talvez, na esperança de encontrar alguma mensagem. Leonardo, promete que não vai rir de mim. Fui sozinha ao cinema. Sentada na poltrona, antes que as luzes se apagassem, olhei várias vezes para a entrada. Acredite, eu não era assim. Acho que foram as aulas de filosofia, no convento. Devo ter enlouquecido com os "porquês". Por quê? Beijos e até..."

Trinta segundos depois, chegou o terceiro e-mail: "Mais uma vez, diga que não vai rir. Só eu estou acordada no convento. E com uma imensa necessidade de falar. Algo que os homens não entendem. Uma inquietude. Provocada todos os meses pela explosão de progesterona. Acho que sobrou pra você. Acabei de reler sua mensagem. E imaginei, como num filme, que enquanto você vivia o impasse do "vou ou não vou", eu olhava para a porta da sala de projeção. Esperava, quem sabe, o 'vou'. Esta semana, me surpreendi nas vezes em que andei pela rua procurando um rosto. Que fascínio a mente humana, não? Sinto-me um pouco frustrada por termos chegado tão perto de uma conversa de verdade. E se esses sapatos não me incomodassem tanto na volta para o convento, talvez o tivesse encontrado na internet. Bem, acho que já falei minhas duas mil palavras de hoje. Mais beijos e mais 'até'...".

Carolina digitava muito rápido. Para que minha mensagem chegasse antes que ela enviasse mais uma, fui breve: "O rosto que procura está no espelho. Mas temos que falar sobre isso pessoalmente. Sábado. Livraria do Leblon. A que horas?".

Acho que o que ela queria, mesmo, era digitar. Já estava lá, a quarta mensagem seguida de Carolina: “Não devia fazer isso, mas vou perguntar: tem MSN?”.

Naquele instante, meu rosto ficou quente! Um sorriso começou a se abrir. Aproveitei para responder com um ar meio safado: “Adorei o “não devia fazer isso”. MSN: leonardo@leo20.com”.

"No homem, o desejo
gera o amor.
Na mulher, o amor
gera o desejo."

Jonathan Swift

Um minuto depois de acessar o *Messenger*, ela entrou para minha lista de contatos. Tivemos nossa primeira, e deliciosa, conversa em tempo real. E, claro, comecei com um sorriso!

MSN, quinta-feira, 23h51min.

Leonardo: Rs...
Carolina: Não seria melhor começar com um "oi"?
Leonardo: Oi! Que bom ver você!
Carolina: Ver? Rs...

Leonardo: Há muitas formas de ver. Uma delas é pelo texto.

Carolina: Rs...

Leonardo: Você é loira de verdade?

Carolina: Da cabeça aos pés.

Leonardo: Isso é um convite?

Carolina: Rs...

Leonardo: Posso telefonar pra você?

Carolina: Não.

Leonardo: Sabe o que é? Tenho medo de MSN...

Carolina: Por quê? Rs...

Leonardo: Podemos interpretar errado o que é "dito" aqui.

Carolina: Está com medo por mim ou por você?

Leonardo: Pelos dois.

Carolina: Eu é que estou com uma sensação horrível!

Leonardo: Qual?

Carolina: A de estar fazendo coisa errada. Livre-me dela! Rs...

Leonardo: Sai daí, coisa errada! Este corpo não te pertence!

Carolina: Acho que não vai sair. Rs...

Leonardo: Quero falar com você.

Carolina: Fale.

Leonardo: Assim não. Frente a frente. Talvez, na livraria.

Carolina: Minhas mãos ficam geladas, só de pensar.

Leonardo: Engraçado, minha boca fica quente. Rs...

Carolina: Vou ficar vermelha feito um pimentão!

Leonardo: Adoro pimentão!

Carolina: Vovó sempre disse que eu não sabia mentir.

Leonardo: Você mentiu?

Carolina: Omiti nossos e-mails em minhas confissões.

Leonardo: Desde que não omita de você mesma...

Carolina: Isso eu não faria. Mas nem a madre superiora sabe.

Leonardo: E deveria? Nunca nos demos nem três beijinhos...

Carolina: Portanto, como posso aparecer na livraria com você?

Leonardo: Vá olhar um livro! Tem uns novos sobre Jesus.

Carolina: Olhei todos hoje. Rs...

Leonardo: Você vai conseguir arrumar um jeito. Relaxe!

Carolina: É, preciso relaxar... Sabe, quase caí da cadeira ao ler a palavra "apaixonado" numa de suas mensagens.

Leonardo: Quem disse isso foi o Ricardo.

Carolina: Que Ricardo?

Leonardo: Personagem de meu livro.

Carolina: Não complica mais minha cabeça. Rs...

Leonardo: E, no cinema, eu estava paquerando sua avó!

Carolina: Rs... Sinto-me adolescente em alguns momentos.

Leonardo: A paixão nos renova!

Carolina: Mas me sinto péssima em outros!

Leonardo: Então, cuidado para não falar demais...

Carolina: Só conto pra mim e pra Deus...

Leonardo: Não quero complicações com o Vaticano. Rs...

Carolina: Calma! Não pense que sou uma desequilibrada.

Leonardo: Então, sábado?

Carolina: Sábado o quê?

Leonardo: Vou comprar um livro na livraria do Leblon.

Carolina: Que pena! Comprei o meu hoje. Rs...

Leonardo: Então, boa leitura e durma bem.

Carolina: Não sabe brincar?

Leonardo: Sei. Mas a verdade é sempre a melhor resposta.

Carolina: Concordo.

Leonardo: E se quiser me ver, mande uma mensagem.

Carolina: Vai parar aqui então?

Leonardo: Não. Vou à livraria, sábado, três da tarde.

Carolina: Não posso... Tenho missa.

Leonardo: Viu? Assim é mais fácil.

Carolina: Juro que gostaria de ir até lá. Mas não vai dar.

Leonardo: Seu MSN grava as mensagens recebidas?

Carolina: Não. Por quê?

Leonardo: Vale a pena checar! Medida de segurança...

Carolina: As outras freiras mal sabem ligar o computador...

Leonardo: A Irmandade das Excluídas Digitais!

Carolina: Rs... E por saber usá-lo, tenho acesso a ele.

Leonardo: Sabe, mulher casada tem cheiro de pólvora...

Carolina: Rs... Que horror!

Leonardo: E as comprometidas com Jesus cheiram enxofre.

Carolina: Enxofre?

Leonardo: Como no inferno.

Carolina: Rs... Calma! No máximo, você vai para o purgatório.

Leonardo: Onde as almas dos justos são purificadas?

Carolina: Como sabe? Já leu a Bíblia?

Leonardo: Não. Minha religião não permite.

Carolina: Rs... Qual é sua religião?

Leonardo: Acredito no poder do amor.

Carolina: Então, com certeza, você irá para o céu.

Leonardo: Fico feliz em saber! Rs...

Carolina: Agora, tenho que ir pra cama. Já é tarde.

Leonardo: Antes, posso lhe fazer uma pergunta íntima?

Carolina: Vai doer?

Leonardo: Acho que não.

Carolina: Acha? Rs...

Leonardo: Por que você entrou para o convento?

Carolina: É uma longa história...

Leonardo: Se não quiser contar, vou entender.

Carolina: Não há segredos... Mamãe é católica fervorosa. Teve complicações em minha gestação. Desesperada, prometeu a Nossa Senhora que, se eu sobrevivesse ao parto, me tornaria freira. Mas juro que ainda tenho dúvidas sobre minha vocação.

Leonardo: Curioso... Ela faz a promessa e você é quem paga.

Carolina: Já briguei muito com ela por isso...

Leonardo: E por que aceitou a imposição?

Carolina: Acho que preciso, ao menos, tentar... Devo isso a ela.

Leonardo: Deve?

Carolina: Por favor, tente entender.

Leonardo: Entendo. Embora, não concorde.

Carolina: Mas falta uma coisa.

Leonardo: O quê?

Carolina: Você me daria uma segunda chance?

Leonardo: Preciso pensar. Pronto! Já pensei.

Carolina: Rs...

Leonardo: Segunda chance de quê?

Carolina: De ver uns livros.

Leonardo: Ainda teremos muitas oportunidades...

Carolina: Que Deus nos permita!

Leonardo: E o mundo não vai acabar amanhã.

Carolina: Assim esperamos.

Leonardo: Rs... Mas, realmente, preciso encarar você!

Carolina: Não se importa se eu ficar vermelha?

Leonardo: Claro que não. E guarde segredo sobre nós.

Carolina: Tenho um problema. Falo dormindo! Rs...

Leonardo: Ai, meu Deus! Tchau.

Carolina: Não... Vem cá...

Leonardo: Boa sorte na clausura!

Carolina: Para de falar isso, vai...

Leonardo: Quero lhe perguntar uma coisa.

Carolina: Eu também. A livraria pode ser à noite?

Leonardo: Pode. Gosta de música clássica?

Carolina: Adoro.

Leonardo: Assista ao filme *Violino Vermelho*. Um beijo.

Carolina: Espera resposta?

Leonardo: Sobre o quê?

Carolina: O beijo.

Leonardo: Na livraria. Sábado, oito da noite.

Carolina: Combinado.

Leonardo envia a imagem de uma flor para Carolina.

Carolina: Que gentil...

Leonardo: Durma bem.

Carolina: Você também. Beijos. Virtuais apenas.

Leonardo: Abraços. Aliás, vou cobrá-los.

Carolina: Cobre-os, se assim desejar.

Leonardo: Só mais uma coisa. Veja minha foto com o Elvis.

Leonardo altera sua imagem de apresentação.

Carolina: Que lindo! Amo cachorros. É labrador?

Leonardo: É. E estava cheirando muito mal nesse dia.

Carolina: Rs... Adoro beijar bochecha de cachorro.

Leonardo: Que nojo!

Carolina: Pense bem antes de me pedir um beijo, viu?

Leonardo: Obrigado por me avisar!

Carolina: Rs...

Leonardo: Bem, foi um prazer.

Carolina: Fiquei muito feliz, viu?

Leonardo: Com o quê?

Carolina: Com a conversa.

Leonardo: Também gostei. Mas prefiro olhos nos olhos...

Carolina: Sábado! Qualquer mudança, mande um e-mail.

Leonardo: Não haverá mudança.

Carolina: Rs... Tudo bem.

Leonardo: Vai levar alguém? Madre supcriora? O Papa?

Carolina: Não. Rs...

Leonardo: Imaginava. Rs... Tchau.

Carolina: Tchau.

Leonardo: Agora, vou mesmo.

Carolina: Rs... Já esperava que você escrevesse de novo.

Leonardo: Escrevesse o quê?

Carolina: Alguma coisa depois do "tchau".

Leonardo: Viu? Por isso não gosto de MSN...

Carolina: Rs...

Leonardo: O papo fica confuso. Beijo.

Carolina: Beijo.

Leonardo: Tchau.

Carolina: Rs... Tchau.

Nossa conversa virtual terminou a uma da manhã. Fiquei elétrico a madrugada toda. Só pensava no encontro de sábado. Mas ainda tinha a sexta-feira inteira pela frente...

"O amor é uma flor delicada. Mas é preciso ter a coragem de ir colhê-la à beira de um precipício."

Sthendal

Peguei no sono às cinco da manhã. Tive um sonho horrível. Naves alienígenas gigantescas retiravam muita água das praias do Rio. Eu era surfista. Para impedir que o mar secasse, convoquei uma legião de pegadores de onda. Veio gente até do Havaí. Mas os invasores eram poderosos. A nave-mãe começou a fazer um barulho ensurdecedor. Cavamos buracos na praia para nos esconder. Apesar de o tempo fechado, a areia estava quentinha. Parecia um cobertor. E era. O meu. O barulho vinha do despertador. Hora de levantar...

Banho. Duas bananas. Cafuné no Elvis. Uma empregada gostosa no elevador. E, no caminho para a agência, uma chuva do cão! Por um instante, pensei que os "marcianos" estavam devolvendo a água roubada.

No trabalho, reunião com a equipe de criação. Almoço com um grupo japonês. Depois, um "pepino" criado por um de nossos contatos em Porto Alegre que nem quero lembrar. No meio da tarde, para relaxar, entrei no *Messenger*. Quem estava lá?

MSN, sexta-feira, 15h32min.

Leonardo: Rs...
Carolina: Cuidado! Quem ri por último...
Leonardo: Rs... Como você está?
Carolina: Com fome. Ainda não almocei.
Leonardo: Esperava outra resposta...
Carolina: Qual?
Leonardo: Com sono por acodar cedo, ansiosa para ler e-mails.
Carolina: Acertou em cheio! E não foi só por isso...
Leonardo: Caiu da cama?
Carolina: Não. Levei a madre superiora ao médico.
Leonardo: Ela está doente?
Carolina: Precisava fazer um exame.
Leonardo: Ginecológico?
Carolina: Não. Cardíaco. Mas acho que é frescurite.
Leonardo: Coitadinha. Parece que isso não tem cura.

Carolina: Rs... Não achei o *Violino Vermelho*. Onde alugou?

Leonardo: Um amigo fez uma cópia pra mim.

Carolina: Na locadora, disseram que só foi lançado em VHS.

Leonardo: É verdade. O filme é de 1999.

Carolina: E haviam vendido a única cópia da loja.

Leonardo: Ganhou o Oscar de melhor trilha sonora.

Carolina: Pena que não encontrei...

Leonardo: Quer assistir lá em casa?

Carolina: Só se dividir sua casa com mais quinhentas pessoas...

Leonardo: Vou ligar para a Escola de Samba da Rocinha.

Carolina: Rs...

Leonardo: Nove da noite?

Carolina: Não me tente...

Leonardo: Espero que goste de chocolate.

Carolina: Adoro. Por quê?

Leonardo: É a única coisa que tenho em casa pra lhe oferecer.

Carolina: Andou fuçando minhas comunidades no Orkut?

Leonardo: Todas.

Carolina: Que feio!

Leonardo: Se você for tudo aquilo...

Carolina: Aquilo o quê?

Leonardo: Ter aquele bom gosto...

Carolina: Olhe de novo. Ali também estão meus defeitos...

Leonardo: Você se parece com Rita, minha personagem.

Carolina: Mesmo? Rs...

Leonardo: Espero você lá em casa às nove horas.

Carolina: Vou avisando, falo alto demais.

Leonardo: Sem problema... Praticamente, não tenho vizinho.

Carolina: Comprou o prédio todo?

Leonardo: Não. Rs... O apartamento de baixo está vazio.

Carolina: E em cima?

Leonardo: Tem um casal que transa uma vez por mês. Beijo.

Carolina: Você adora me cortar...

Leonardo: Desculpe, cortei você?

Carolina: Quando manda "beijo", está me cortando.

Leonardo: Não foi essa minha intenção.

Carolina: Como quem diz "é isso, pronto e acabou".

Leonardo: Na verdade, só estou tentando receber um "sim".

Carolina: Em relação a quê?

Leonardo: A assistir ao filme lá em casa.

Carolina: Não vai conseguir... Seu "basta viver" me assusta.

Leonardo: Como assim?

Carolina: Você e seus terapeutas simplificando a vida...

Leonardo: É o trabalho deles. E, Carolina, a vida é simples.

Carolina: "Carpe diem?"

Leonardo: Isso! "Aproveite o dia!"

Carolina: Fácil falar...

Leonardo: Fazer, também.

Carolina: Acha mesmo? Rs...

Leonardo: A gente é que tenta agir contra a natureza humana...

Carolina: E o que você sugere?

Leonardo: Primeiro, abandonar a clausura cultural.

Carolina: Mais alguma recomendação? Rs...

Leonardo: Rasgar as regras que limitam nossa existência.

Carolina: Como eu queria que fosse diferente...

Leonardo: Olhar o passado como bons livros já lidos.

Carolina: E foram tantos...

Leonardo: Ver o futuro como páginas escritas no presente.

Carolina: Respeite minha falta de experiência...

Leonardo: E, por fim, olhar ao redor...

Carolina: Devo me atentar a algo especial? Rs...

Leonardo: Aos companheiros que você quer em sua viagem.

Carolina: Um deles, você? Rs...

Leonardo: A viagem é sua.

Carolina: Ainda não consigo pensar assim...

Leonardo: Um dia, conseguirá.

Carolina: O futuro a Deus pertence.

Leonardo: E o presente, a você...

Carolina: Já lhe contei minha história...

Leonardo: E...

Carolina: É difícil me desprender das conveniências da família.

Leonardo: Largue tudo! Todos! Depois, largue-se também!

Carolina: Ainda tento justificar minha loucura com a TPM...

Leonardo: Nada como estar só, para valorizar a liberdade.

Carolina: Só consigo repetir "vai passar, vai passar"...

Leonardo: Vai sim! A paixão é passageira.

Carolina: E nós, o meio de transporte.

Leonardo: Rs... Minha última durou quatro anos.

Carolina: Por que terminou?

Leonardo: Por que as paixões terminam?

Carolina: Perguntei primeiro. Rs...

Leonardo: No meu caso, porque Nina foi embora.

Carolina: Nina?

Leonardo: Essa é uma longa história...

Carolina: Quer contar?

Leonardo: Prefiro que fale de você.

Carolina: Aos 24 anos, nem me lembro mais do que é paixão.

Leonardo: *Violino Vermelho* pode lhe ajudar a recordar.

Carolina: Você me emprestaria sua cópia?

Leonardo: Se quiser, vá ver lá em casa. Beijo.

Carolina: O filme é só uma desculpa, não é?

Leonardo: Não. É uma forma de ver você num lugar seguro.

Carolina: Entendo.

Leonardo: Mas compreendo o que está sentindo.

Carolina: Angústia, medo, desejo, vontade...

Leonardo: Um inferno delicioso!

Carolina: Bem definido.

Leonardo: Meio enlouquecedor.

Carolina: Exatamente!

Leonardo: A paixão dispara um "troço" dentro de nós...

Carolina: Taquicardia, insônia, mãos frias... Vou ao médico!

Leonardo: Rs... De remédio, só tenho chocolate.

Carolina: Prefiro um tratamento menos calórico. Rs...

Leonardo: Aproveitar as sensações também faz bem!

Carolina: De longe, ainda vai. É inofensiva...

Leonardo: Mas a terapia do abraço exige proximidade. Rs...

Carolina: O problema são os centímetros, os milímetros!

Leonardo: Quanto mais perto, melhor eu enxergo.

Carolina: E eu fico cega...

Leonardo: Rs...

Carolina: O cérebro trava. Só o corpo responde.

Leonardo: Então, movimente-se. Vá fazer compras pra relaxar.

Carolina: Outra terapia? Rs...

Leonardo: Compre uma lingerie!

Carolina: Você só pensa nisso? Rs...

Leonardo: Freira pode usar calcinha de renda?

Carolina: Pode. Rs...

Leonardo: Então, vejo você às nove. Av. Delfim Moreira, 251.

Carolina: Não, não, não! Vou repetir até me convencer!

Leonardo: Rs...

Carolina: Você acha que somos almas gêmeas?

Leonardo: Ou, quem sabe, as metades da laranja? Rs...

Carolina: Desiste vai... Rs...

Leonardo: Tudo bem. Beijo.

Carolina: A livraria está de pé ainda?

Leonardo: Sabe, já escrevi o primeiro final de meu livro...

Carolina: E...

Leonardo: A história termina na livraria...

Carolina: E qual é o problema?

Leonardo: Eles se veem, falam da vida...

Carolina: Vai me contar?! Não?

Leonardo: Tenho medo de me identificar com Ricardo...

Carolina: Por quê?

Leonardo: Ele vê que está diante da mulher da vida dele!

Carolina: Então, terá um final feliz?!

Leonardo: Teria, não fosse por Rita...

Carolina: O que ela vai aprontar desta vez? Rs...

Leonardo: Ela acha que são "as pessoas certas na hora errada".

Carolina: Mulheres... Rs...

Leonardo: E, por amá-la muito, Ricardo a deixa ir.

Carolina: Acaba assim?!

Leonardo: Na semana seguinte, ele conhece Jaqueline!

Carolina: Rs...

Leonardo: Nove horas, em meu apartamento. Combinado?

Carolina: Vamos fazer o seguinte...

Leonardo: Lá vem você...

Carolina: Quando chegar em casa, ligue o computador...

Leonardo: Chegarei às oito.

Carolina: Faria isso por mim?

Leonardo: Claro.

Carolina: Agora, vou rezar para pôr as ideias em ordem.

Leonardo: Pense em você.

Carolina: Vou tentar. Mas não prometo.

Leonardo: Seja egoísta, como sugerem os terapeutas.

Carolina: Já sei, "ame-se".

Leonardo: Muito bem! Está fazendo progressos. Beijo.

Carolina: Rs... Beijo.

"O amor e o desejo são as asas do espírito das grandes façanhas."

Johann Wolfgang Von Goethe

Cheguei do trabalho pouco depois das oito. Encontrei esta mensagem em meu e-mail: "Não fique zangado comigo. Mas acho que ainda não será hoje que vai conseguir pôr os olhos em mim. Surgiu um imprevisto: novena. De qualquer forma, vou conectar antes das nove para lhe dar uma resposta final. Beijos".

Fiquei no MSN por 40 minutos. Esperando por ela, como um cachorrinho pelo biscoito. Mas nada. Nem osso. As reações do ser humano são interessantes. Às vezes, somos movidos pelo repúdio ao sofrimento. Embora haja quem se adapte a ele. Não é meu caso. Ainda mais à dor adolescente. Amor é bom quando maduro. E me inspirando no imaginário Ricardo, que libertaria Rita na livraria, fiz o mesmo com Carolina em minha mensagem final. Pelo menos, achava que seria a última: "Jamais me zangaria com você por questões tão altruístas como a de se dedicar a uma novena... Esses minutos de espera no MSN me orientaram numa decisão. Vivemos momentos distintos. Posso tentar imaginar seus dias e noites. Um tipo de casamento sem muitos prazeres. Mas, se quiser, pode se libertar disso. Vai doer. Embora o sofrimento seja inevitável, a gente cresce com ele. Consegui ficar mais forte, mais vivo, depois de cada uma das minhas três relações. O amor que sinto por minhas ex-mulheres é imenso. A ponto de libertá-las. Nas últimas semanas, em nossas conversas virtuais, aprendi um pouco mais sobre o ser humano e a busca constante da felicidade. Como lhe disse, o final do meu livro já está definido. Termina na mesma livraria em que os dois se viram pela primeira vez. Carolina, mesmo que ainda não tenhamos dito um 'oi' sequer, foi um prazer conhecer você. Estou saindo de férias. Ia para Cuba. Mas decidi encarar uma viagem de carro. Sem destino. Meu companheiro será o sol. Por duas semanas, vou aonde ele me levar. Na volta, começo um novo capítulo da minha história pessoal. Que também terá final feliz. Digo 'também', por acreditar que os episódios da vida sempre terminam assim. E se ainda não estamos felizes, é porque o fim ainda não chegou. Embora felizes já somos por estarmos vivos. Há pouco, acessei o Orkut. Esperava encontrar, quem sabe, uma nova mensagem. Nada. Mas a conexão trouxe a resposta para minhas questões atuais. Sabe qual era a 'sorte do dia' que a página mostrava? *O tempo é o senhor da razão*".

Depois de enviar a mensagem, saí para jantar com um casal amigo. Ao voltar para casa, claro, liguei o computador... E mesmo depois de ler minha mensagem de despedida, lá estava a danada: "A novena foi cancelada. Madre superiora preparou uma surpresa para as noviças. Ela é fã de Chico Buarque. Vamos ao show desta noite no Canecão. Espero que ele cante 'Carolina'. Rs... Mas não desisti de ver você. Amanhã, oito da noite, na livraria do Leblon".

Como são as mulheres... Sempre nos trocando pelo Chico. Pelo menos, fui dormir sorrindo! Na verdade, fiquei acordado até o dia amanhecer. Só pensava em minha "Sweet Caroline". Aproveitei a inspiração para buscar uma saída para o "pepino" de Porto Alegre. Com a ideia na cabeça voltei ao computador e à mais linda das freiras: "Concluí um projeto que estava emperrado com o pessoal do sul. Daqui a pouco, os pássaros vão começar a cantar. Acho que estarei com grandes olheiras à noite. Mas a madrugada foi prazerosa. Pensar em você é melhor que chocolate. E a senhorita 'olhos violeta' é brasileira mesmo! Não desiste nunca. Rs... Sofro em meus pensamentos para escrever uma bela mensagem de despedida. Ainda assim, você tem a cara de pau de enviar uma resposta dizendo que vai ao show do Chico Buarque. Logo do Chico?

Não podia ser um adversário menos talentoso com as mulheres? Carolina, tenha mais compaixão de seus admiradores! Rs... Mas 'Rita' teve uma noite muito melhor que a sua. Em meu texto, a levei ao Ópera de Paris. Quem pode, pode. Rs... Ela é mais interessante que você. Mais bonita. Mais gostosa. O cheiro dela é melhor que o seu. Pensando melhor, nunca cheirei nenhuma das duas... Será que você é mais cheirosa que ela? Ó, dúvida cruel... Como poderei dormir agora com essa questão na cabeça? Rs... Um beijo".

Três horas depois, acordei com uma sensação estranha. Um grande sorriso no rosto. Tive que me olhar no espelho. Realmente, o sorriso era grande. Acho que por pressentir que uma nova mensagem me aguardava no computador: "Leonardo, em primeiro lugar, me desculpe pela mensagem de ontem. Foi escrita às pressas. E bota pressa nisso! Tivemos que sair correndo para não perder o show. Em segundo, você é muito talentoso também. Rs... Ao chegar ao convento, desmaiei na cama como uma criança depois de um dia de brincadeiras. Até babei! Não devia ter contado isso pra você. Rs... Hoje, acordei cedo. Imaginei que você pudesse estar no MSN. Agora, depois de ler seu e-mail, imagino que esteja em sono REM! Mas tudo bem. Descanse... Não vai ficar nada bem de olheiras na livraria. Rs... Preciso dizer que fiquei muito feliz com sua última mensagem. Feliz e aliviada. Essa 'Rita' não tem nada de mim. Não pela comparação que você fez, afinal nunca a vi nem nunca a cheirei! Rs... Corrigindo, a única semelhança é o fascínio por

Paris. Mas isso é inerente a nós mulheres. A gente adora viajar, se movimentar. Embora, hoje, preferia não botar o nariz fora do quarto. Esse convento, às vezes, me desanima... Mas não tive outra saída. Todo sábado pela manhã temos que lavar a capela. Assim que der, lhe procuro de novo aqui na internet. Mas a princípio nos veremos no horário marcado. Quem sabe a história de seu 'livro' não mude? A propósito, tem um filme novo no Leblon 2. Quer terminar essa história na fila do cinema? Rs... Beijinhos".

Meu sorriso, que já era grande, começou a dar câimbra no rosto. E, se entendi bem, a parte da mensagem que ela diz ter babado tinha sentido duplo. Não tinha? O e-mail de Carolina me despertou. Mas para não dormir na sessão das nove, fui breve na resposta: "Gostei da sugestão do cinema! Você é uma grande roteirista. Carolina, estou entre o sono REM e o não REM. Só levantei da cama para ler esse e-mail. Mais um detalhe, antes de voltar pra lá: você disse não haver saída sobre o desânimo no convento. Engano seu... Sempre há, no mínimo, duas: a social e a de serviço...".

Minha tia Vênus, ainda jovem e pobre, costumava dizer que a vida era feita de expectativa e desilusão. Contrapontos que se sucedem ao longo de nossas histórias. Sempre tentei convencê-la do contrário. Talvez, para jamais ter que enfrentar o momento que estava por vir...

Depois de dormir o restinho da manhã, passei a tarde na rua. E antes de ir à livraria no horário marcado, fui em casa checar meus e-mails: "Leonardo, se você soubesse como foi a limpeza da capela... Estou a ponto de matar alguém. Esfreguei o piso inteiro. Fiquei duas horas de joelhos... Sobre nosso encontro, tenho más notícias. Sei que você vai querer me matar agora. Mas para isso precisaria me encontrar... Madre superiora disse que teremos uma missa especial esta noite. Portanto, é quase impossível que eu saia daqui. Pela milésima vez, vou lhe pedir que não se zangue comigo. Tive um dia exaustivo e queria esse cinema mais do que nunca. Se quiser pegar seu carro e sumir, entenderei. Se não fizer isso, podemos tentar algo durante a semana. Beijos e, mais uma vez, mil desculpas".

Também, quem mandou me apaixonar por uma freira? Mas o cancelamento poderia ser um alerta para esquecer Carolina. Seria pior se já estivéssemos profundamente envolvidos. E, nos parques de diversão, a prudência sempre me manteve no chão diante da montanha-russa. Embora nunca tenha recusado o túnel do amor...

Em meu bolso, já havia uma cópia em DVD de *Violino Vermelho*. Um presente para Carolina. Os cenários e a trilha sonora da nossa paixão virtual. Mas ainda tinha esperança de encontrá-la no horário marcado. Ainda que fosse só para lhe entregar o filme. E nunca mais vê-la... Pelo menos, por enquanto.

*"Com amor e paciência,
nada é impossível."*

Daisaku Ikeda

Entrei na livraria faltando cinco minutos para as oito. Estava de camisa preta. Não queria ofuscar a beleza daquele anjo-mulher. Dez minutos se passaram. Com 20 de espera, percebi o motivo da cor. Carolina não viria. Fui vestido para o luto previsível. O fim do sonho.

Como seria bom se todos os velórios fossem nas livrarias. Seriam mais emocionantes. Produtivos. Haveria muito mais para ser dito, para se ouvir. Muito mais para ser descoberto... Claro, depois de rever os clássicos na seção de literatura nacional. Como é interessante o texto do Luiz Fernando Veríssimo.

Se eu fosse escritor, me espelharia nele. Outro que me impressiona é Rubem Braga. Eterno. Dois gênios da crônica. Mas minha paixão, naquele momento, buscava romance. Fiquei fascinado ao reencontrar outro mestre de ideias claras. George Orwell. Eric Arthur Blair, na certidão de nascimento. O nome do autor aparecia em roxo na capa com fundo amarelo. *Na Pior em Paris e Londres*. O primeiro livro dele. A vida de miséria e vagabundagem de um jovem escritor no fim dos anos 20. Com doses equilibradas de humor e indignação, narra uma história autobiográfica. Que bom poder conhecer mais do homem que já havia me conquistado com *A Revolução dos Bichos* e *1984*. O tempo voou na livraria. Quase nove da noite. Guardei o DVD na sacola do livro. Só no elevador do prédio, ao me olhar no espelho, lembrei de Carolina.

Entrei no apartamento disposto a libertá-la. A camisa preta se juntou à roupa suja. E, no computador, escrevi a despedida: "Cheguei a ler sua mensagem por volta das sete e meia. Mesmo assim, fui à livraria. No bolso, o filme do qual lhe falei... Não quero matá-la, como você 'brincou' em seu e-mail. A quero viva. E, para isso, você é que precisa se encontrar. Sempre que sair do convento, jamais se esqueça lá. Não se deixe para trás. Certifique-se o tempo todo: 'eu estou aqui? Sim, eu estou aqui!'. Quando procurar um rosto na rua, corra para o espelho. Sua grande descoberta está em perceber que você é a pessoa que Carolina procura... Sem saber quando vou vê-la de novo, entro no carro amanhã rumo à continuidade da minha história. Por dias, ficarei sem contato. Sinto por não estar pronto para ser seu amigo. Nem espere de mim o ouvido confidente, a escuta terapêutica, a compaixão solidária. Quem sabe, num outro momento de nossas vidas, possa pôr o filme em suas mãos. A história de um violino que carrega, por séculos, a dor de um amor interrompido. Adeus".

"A vida continua!" "Levante a cabeça!" "Isso vai passar!" Como diria Shakespeare, se falasse português: "Palavras, palavras, palavras". No fundo, é horrível ter que abandonar uma paixão. A gente até repete esse monte de frases. Mas de nada adianta. A única certeza é que amanhã será outro dia. Um domingo. E com previsão de chuva...

Engraçado. Eu gosto de domingo! Mas nunca encontrei mulher alguma que gostasse desse dia. Elas dizem que é depressivo, parado, lembra segunda-feira. Ao contrário. Segunda é dia de trabalho. Domingo, com certeza, de folga. Já falei das vantagens de um domingo de chuva. Mas tão bom quanto, é um domingo de sol. A receita para aproveitá-lo é simples. Pelo menos para os homens. Acordar tarde. Pegar o carro. Ar-condicionado. Música boa. Cantarolar na estrada. Almoçar em algum lugar perto do verde. Só voltar para casa ao anoitecer. Banho. De volta para a rua. E terminar o dia no cinema. Não! Muito perigoso. Prefiro sem bilheteria, sem fila, sem vovozinhas... Pelo menos, por duas semanas.

Costumava aproveitar o domingo para visitar meus pais. Eles moravam longe o bastante para não vir de chinelo, e perto o suficiente para não precisar de avião. Como diz uma amiga: "A distância perfeita". Hoje, papai vive na Austrália. Mamãe, no Caribe.

Ao analisar as mulheres, as mães merecem destaque. Como são incríveis! Têm a capacidade de formar cidadãos para o mundo. Ao mesmo tempo, detonam a cabeça dos filhos. A chantagem emocional é uma característica feminina. Mas a de mãe é muito mais perversa. "Eu me dediquei tanto. Sempre fiz tudo por você. Quando tiver um filho, vai entender o que estou falando..." São tantas as pragas. Quando se veem sem argumento, recorrem a essas frases. Também fazem questão de criticar nossas namoradas. "Ela é um pouco novinha, né? Muito imatura. Meio bobinha..." E quando a gente termina o namoro, concluem de forma cruel: "Eu sabia que não ia durar". O veneno chega a escorrer. E, para todo o sempre, seremos os eternos "inhos". "Agência Léo20! Bom dia!" "Bom dia. Aqui é a mãe do Leozinho. Ele já chegou?" Pobres de nós. Serão necessários anos de terapia, e muitas férias, para nos livrar desses traumas.

Sogra é outro papo. Minhas três sempre estiveram do meu lado. As filhas chegavam a dizer: "Mãe, eu é que sou sua filha. Você tem que me apoiar!". Realmente, as sogrinhas parecem ter predileção pelos genros. Por serem as mães das princesas, talvez nos vejam como príncipes encantados. E sogra custa muito pouco... Para ganhá-la, basta dar atenção. E não fazer cara feia diante daquele macarrão horroroso que ela jura ser receita de família... Depois das ostras, outro pesadelo que me persegue.

Minhas ex-mulheres também me deixaram um trauma. Sempre que penso em viajar, lembro-me da arrumação das malas na noite anterior. Uma para casacos, outra de sapatos, mala de mão com produtos de beleza... Eventualmente, tinha a mala da sogra. E quem carregava a bagagem? Claro! O homem da casa. Eu entrava no carro já transpirando. Até que me libertei: "A partir de hoje cada um carrega sua própria mala!". Depois de um olhar assustado, ela sofreu calada. Mas dava para imaginar o que se passava naquela cabecinha: "E agora? Como vou fazer para decidir que roupa levar? Pode estar calor. Pode esfriar. Pode chover. Pode ter uma festa. Pode isso, pode aquilo...". Mas, no fim da história, homem que é homem carrega todas as malas. Até a da sogra.

*"O amor é o estado
no qual os homens têm mais
probabilidades de ver as coisas
tal como elas não são."*

Friedrich Wilhelm Nietzsche

A previsão estava errada! O domingo amanheceu com sol. As ondas brilhavam. Antes do café, virei minha luneta para o posto 11. A moça do biquíni laranja já havia chegado. Ao focalizar as ondas, meu olhar se perdeu nas lembranças de Carolina. "Será que ela mandou algum e-mail?". Depois de duas tentativas, consegui me conectar. Na tela, um de seus textos mais lindos e profundos: "Talvez nem chegue a ler esta mensagem. Mesmo assim, vou escrever. Leonardo, não estou à procura de um amigo ou confidente. Procuro um cara que encontrei na fila do cinema. Faço isso, porque ele despertou em mim algo que há muito tempo estava adormecido. Olhei para o relógio na noite passada. Eram nove horas. Decidi que largaria a missa e iria à livraria. Pensei um pouco mais e desisti. Poderia ficar vagando por lá à procura de alguém que não apareceria. Depois, decidi ir ao seu apartamento. Mesmo que só para deixar um bilhete na portaria. De novo, desisti. Não por medo. Por respeito. Num sábado à noite, você poderia estar com alguém em casa. Não tenho o direito de aparecer quando quero. Só quando você quiser. Acordei cedo hoje. Esperava mensagem sua. Sentei em frente ao computador, repetindo para mim mesma, 'de amanhã não passa'. Mas seu 'adeus' me disse que vai passar de amanhã, e de depois de amanhã, e de depois... Leonardo, dormi e acordei pensando em você. Não vou procurar nomes ou explicações para isso. Ontem, li um texto sobre mudança. Dizia que 'mais importante do que a velocidade é a direção'. Decidi que vou mudar internamente. Sem me importar com o ritmo. Apenas com o destino. Que será sempre 'Carolina'. Mas não vou mentir pra você. Ligarei o computador todos os dias, várias vezes, até encontrar um sinal seu, Leonardo. Mesmo que seja para ler um novo 'adeus'. Beijos e abraços...".

Sinto muito por tê-la feito esperar pela resposta. Ela deve ter tido um longo domingo. Mas os grandes amigos também merecem urgência e o nosso coração: "Carolina, há coincidências interessantes na vida. Li seu e-mail pela manhã. Depois, peguei um avião para São Paulo. Visitei um amigo que está internado à espera de um transplante. Ao voltar para o Rio, abri novamente seu e-mail. A resposta já estava desenhada em minha mente. Mas na releitura de sua mensagem, notei um detalhe que não havia percebido antes. Aquele roda-pé automático inserido pelo Yahoo: 'Música para ver e ouvir: *You're Beautiful*, James Blunt'. Acredite. Nunca havia clicado em qualquer link desses. Desta vez, deixei o *mouse* me levar. Além da bela melodia, a letra fala de uma situação parecida com a nossa. Um cara que vê uma linda mulher no metrô. Cruzam olhares. E ele tem a impressão de que nunca mais vai vê-la. O final da canção, numa tradução livre, diz que... *Você é linda. Um anjo deve ter sorrido quando pensou que eu ficaria com você. Mas é tempo de encarar a verdade. Eu nunca estarei ao seu lado.* Temos agora mais uma canção em nossa trilha sonora. E seria cruel privá-la dos cenários. Para sempre em minha vida, *Violino Vermelho* também vai me lembrar você. A cópia está na farmácia em frente ao convento. Procure o balconista Gabriel. Um chocolate, que comprei hoje no aeroporto inspirado em 'Rita', acompanha o DVD. Agora, preciso ser o mais claro possível. Seis meses atrás, me libertei do sofrimento da terceira separação. Decidi que ficaria um tempo só. Sem namoradas, sem paqueras. Precisava me livrar da dependência emocional. Antes, acreditava que seria mais feliz se tivesse uma mulher especial ao meu lado. Hoje, sei que posso ser tão feliz ao lado de alguém quanto sou comigo mesmo. A sensação de liberdade é uma das melhores que já tive na vida. Estou feliz em poder fazer tudo e, ao mesmo tempo, apenas o que quero. O melhor dos egoísmos. O amor verdadeiro. O respeito por mim mesmo. Hoje, não sei se embarcaria num namoro com quem quer que seja. Se me casaria de novo. A argentina me deixou traumas. Também não sei se teria ainda mais umas oito esposas, já que a paixão parece durar três anos. Depois, me aposentaria e passaria só a 'ficar'. Rs... Para simplificar: quero sugerir que, seja qual for a atitude que tomar, faça por decisão própria. Jamais porque o outro quer, ou ainda porque você 'acha' que deve. Se decidir investir na vida religiosa, o faça de peito aberto. Seja uma grande mulher em sua missão. Se desejar voltar para a casa de seus pais, vá como a filha forte que retorna em férias ao afeto fraterno. Se for morar sozinha, esteja certa de que o início pode ser assustador. Mas o medo passa. E você, realmente, se verá por inteira. Se decidir ter um namorado, torço para que viva uma paixão prazerosa. Mas, independentemente do caminho a seguir, que a direção seja sempre você, Carolina".

Na verdade, queria vê-la. Mas a mensagem era necessária. Fora os sonhos, eu não tinha certeza sobre nada. Como poderia alimentar as esperanças em alguém que mal conheço? Uma mulher que eu nunca tinha tocado. Para evitar cobranças no futuro, corri o risco presente. E, só depois desse e-mail, pude me sentir liberto. Pronto para navegar rumo à estatística.

E Carolina? Estaria pronta para ela mesma? Conseguiria se sentir inteira o bastante para viver longe do convento? Mulher de seu próprio mundo. Seria capaz de se libertar do imaginário que a oprimia? Do desejo construído pela crença? Enquanto filosofava, "detonei" uma caixa de balas de leite. Ao olhar para as últimas duas, lembrei de uma frase dita por uma amiga: "A Kopenhagen tem gosto de amante". Embora não fosse isso que eu procurava. Menos ainda, dividir uma mulher com Jesus.

Era madrugada quando me deitei. Quatro horas depois, já estava diante do computador. Mas sem sinal de Carolina. Não resisti à tentação e escrevi mais uma mensagem: "Esperava vê-la pela manhã em meu e-mail. Se puder, me responda se recebeu a mensagem da noite passada. Sem notícias suas, acho que vou passar o dia cantarolando *Mais Uma de Amor*, da Blitz: *Perdi meu amor no paraíso... Dou tudo que eu tenho por um aviso...*".

Voltei para a cama e dormi o resto da manhã. Três horas depois, já estava conectado novamente. E, para minha felicidade, havia mensagem de Carolina: "Liguei o computador sem qualquer pretensão de encontrar um e-mail seu. Imaginei que já estivesse a quilômetros de distância, em sua viagem de férias. Golpe baixo, esse das músicas. Nem me lembrava dessa da Blitz. Você, você... Sempre me fazendo rir. Mesmo num dia nublado. Leonardo, não saí da casa de meus pais para voltar em duas semanas. Não vim para o convento achando que tudo seriam flores. Sei o que quero: ser feliz. Mas não desisto fácil. E se pudesse colocar tudo que sinto por você dentro de um baú e jogá-lo no fundo do mar, não pensaria duas vezes. Mas não posso. Sei que somos nós que escrevemos nosso caminho. Mas digitamos sobre linhas que se chamam 'destino'. E é por esse sujeito que entrei para a vida religiosa. E foi por ele também que encontrei você numa fila de cinema. Agora, me esbarro com o bendito 'livre-arbítrio'! E a música do James Blunt martelando em minha cabeça... Se já não conhecesse, diria que mandou escrevê-la. Que perfeição. *Ela pôde ver em meu rosto que eu estava voando alto. Não sei o que fazer porque nunca estarei com você. Mas nós dividimos um momento que ficará para sempre. Embora seja tempo de encarar a verdade.* Leonardo, não me sentiria bem traindo a confiança do convento. Posso parar por aqui. Também sei que nossos e-mails vão ficar em minha cabeça por muitos dias, meses... Prefiro colocar o futuro nas mãos do sujeito 'destino'. Talvez ele insista nessa fila de cinema, talvez não. Ainda irei muitas vezes até lá e à livraria buscando você. Mesmo sem querer. E não vou dizer 'adeus'. 'Adeus' quer dizer 'fim'. E quem pode dizer que é o fim?".

Do que a paixão é capaz... Como seriam nossas vidas sem a dor do amor vivida pelos artistas? Quantas músicas ficariam sem existir? Quantos textos deixariam de ser escritos? Junto do e-mail, Carolina me enviou um presente. Uma poesia que gira na internet. O texto é atribuído a Drummond, pelo acréscimo de uma frase final: "Porque sou do tamanho daquilo que vejo, e não do tamanho da minha altura". Mas a frase não é do poeta que alertou sobre a pedra no caminho. Foi escrita por Fernando Pessoa, sob o heterônimo de Alberto Caeiro. De volta ao e-mail, me prendi em dois trechos. O texto é do escritor

Paulo Roberto Gaefke. *"... Recomeçar é dar uma nova chance a si mesmo, é renovar as esperanças na vida e o mais importante: acreditar em você de novo." "... Jogue tudo fora, mas principalmente esvazie seu coração, fique pronto para a vida, para um novo amor. Lembre-se: somos apaixonáveis, somos sempre capazes de amar muitas e muitas vezes, afinal de contas, nós somos o amor."*

Minha resposta para Carolina: "Esse sim foi um golpe baixo! Ainda não consegui abandonar o Leblon. Vou almoçar perto de casa, no hotel Marina. Duas da tarde. Se quiser, apareça".

"Não fumante." Pedi uma mesa com vista para o mar. Preferi me sentar de costas para a entrada. Esperava ser surpreendido pela chegada de Carolina. Pude imaginar como seria. Ela tocaria meu ombro. Eu sentiria seu perfume. Viraria a cabeça, lentamente, para a esquerda. Depois, olharia para cima. E, bem devagar, me levantaria. O tempo todo olhando fixamente em seus olhos violeta. Nosso primeiro beijo seria por atração. Como duas faces imantadas. "O senhor já decidiu o que vai comer?" "Sim!" – pensei. O garçom sugeriu uma das especialidades: medalhão de mignon "ao ponto" com *foie gras* e balsâmico, flor de sal, maçã e batata carameladas. Não como carne vermelha. Preferi experimentar o ravióli de figo ao sugo e tomilho. O carmenère chileno também estava delicioso. De sobremesa, crepe de Nutella. Quanto prazer! E ela não veio...

"Como são sábios aqueles que se entregam às loucuras do amor!"

Joshua Cooke

Adoro ver as aves pescar em dias de chuva. Nem queria voltar para casa. Depois de fazer o retorno na orla, parei em frente ao posto 12. Pensei em descer do carro. Mas estava tão agradável lá dentro... No rádio, uma das antigas. Foram cinco minutos de contemplação. Um prenúncio da surpresa que eu teria naquele fim de tarde: um contato visual com Carolina.

MSN, segunda-feira, 17h42min.

Carolina: Está em casa?

Leonardo: Estou.

Carolina: Então, pode olhar. Mas só um pouquinho...

Mensagem na tela: Carolina convida Leonardo para vê-la pela webcam.

Leonardo: Será que vai rolar um "striptease"?

Carolina: Não, não... Está muito frio. Rs...

Leonardo: Pode ficar de calcinha pra se aquecer.

Carolina: Ainda assim, eu sentiria frio...

Leonardo: Tenho aquecedor aqui no apartamento.

Carolina: Vou desligar essa porcaria!

Leonardo: Só mais um pouquinho...

Carolina: Já me viu. Deveria estar satisfeito. Rs...

Leonardo: Não sou um "voyeur" que se satisfaz ao olhar.

Carolina: Então, vou desligar a câmera.

Leonardo: Só me contento se puder tocar.

Carolina: Toque na tela.

Leonardo: Olhe pra câmera. Quero ver seus olhos.

Carolina: Não. Está pedindo demais.

Leonardo: Olhe pra mim, vai.

Carolina: Não.

Leonardo: Não sei mais que estratégia usar.

Carolina: Vai tentando.

Leonardo: Tenho tanto pra lhe falar...

Carolina: Continue.

Leonardo: Mas com palavras não sei dizer...

Carolina: Melhor parar por aí. Rs...

Leonardo: Tenho pensado em muitas músicas.

Carolina: Em quais?

Leonardo: Hoje, me peguei cantarolando *It Might Be You*.

Carolina: Não conheço.

Leonardo: Do filme *Tootsie*.

Carolina: Nossa! Essa é velha.

Leonardo: Posso ligar pra você e cantar um trechinho?

Carolina: Não. Rs... E eu nem deveria estar aqui.

Leonardo: Por quê?

Carolina: Você leu o e-mail que lhe enviei hoje cedo?

Leonardo: Sim.

Carolina: Deveria ter um tom de despedida. Mas não consigo...

Mensagem na tela: Carolina interrompe a transmissão de imagens da webcam.

Carolina: Agora chega de me ver. Rs...

Leonardo: Tem uma bala em meu bolso com seu nome.

Carolina: E...

Leonardo: Posso chupar?

Carolina: Não sei...

Leonardo: Estou olhando pra ela.

Carolina: Está com muita vontade?

Leonardo: Sim. Mas a bala é sua.

Carolina: Então, deixe-a aí por enquanto.

Leonardo: Agora, preciso cantar pra você.

Carolina: Agora não.

Leonardo: Só um trechinho.

Carolina: Pode cantar... Finja quc estou ouvindo.

Leonardo: Não consigo fingir com autenticidade.

Carolina: Todo mundo consegue.

Leonardo: Já lhe falei sobre minha opção pela verdade.

Carolina: A mentira, branca ou não, está em nossas vidas.

Leonardo: Mas consigo cantar pra mim...

Carolina: Rs... Pode começar.

Leonardo: A letra me lembra o romance de Ricardo e Rita.

Carolina: Por falar nisso, quando vou ver esse livro?

Leonardo: Em breve. Quer ouvir a música?

Carolina: Qual é o nome dela?

Leonardo: Já lhe disse, *It Might Be You*. "Poderia ser você"

Carolina: E o que diz a letra?

Leonardo: Fala do desejo de ter alguém em casa lhe esperando.

Carolina: Ouviu hoje?

Leonardo: Ouvi no rádio do carro, depois do almoço.

Carolina: Pensou em alguém? Rs...

Leonardo: Em você, Carolina.

Carolina: Rs...

Leonardo: Verdade. Algo me diz que poderia ser você.

Carolina: Fiquei feliz. Podia ter pensado em Rita.

Leonardo: Rita é um sonho bom. Você é real.

Carolina: Mas talvez vire um sonho...

Leonardo: Na verdade, você ainda está mais para virtual.

Carolina: Virtual nada. Já me viu no cinema, me ouviu...

Leonardo: Tinha me esquecido disso. Rs...

Carolina: Ou ainda acha que "aquilo tudo" era uma visão? Rs...

Leonardo: Explique "mas talvez vire um sonho".

Carolina: Não precisa de explicação.

Leonardo: Quer me esquecer?

Carolina: Quero. Mas não consigo.

Leonardo: Recebi a resposta que precisava.

Carolina: Qual delas? Rs...

Leonardo: "Quero." Embora não fosse a que eu esperava.

Carolina: "Quero", porque tenho sofrido com essa situação...

Leonardo: Bem, acho que vou para as minhas férias...

Carolina: Lembre-se que eu também disse que "não consigo".

Leonardo: O ser humano é curioso. Quer uma coisa, faz outra.

Carolina: Se fosse simples, os terapeutas morreriam de fome.

Leonardo: São alimentados por nós...

Carolina: Nós, quem, cara pálida?

Leonardo: Os que "gostariam de ser diferentes".

Carolina: Eu sou o que quero ser.

Leonardo: Já me disse que quando quer uma coisa não desiste.

Carolina: Isso mesmo. Só não sei ainda o que quero. Rs...

Leonardo: Talvez você queira mudança. Dentro de você.

Carolina: Vamos deixar esse papinho-divã pra lá?

Leonardo: Não é papo-divã. É a vida. A sua vida.

Carolina: E vida não se discute. Vive-se. Rs...

Leonardo: Então, viva-a! Rs..

Carolina: E é o que estou fazendo! Com o coração a mil...

Leonardo: Quero um beijo seu.

Carolina: Onde?

Leonardo: Aqui em casa.

Carolina: Saiu-se bem...

Leonardo: Aliás, beijo bom não se pede. Rouba-se.

Carolina: Então, contente-se com o que vai receber.

Leonardo: A expectativa é grande! E se não me agradar...

Carolina: O que vai fazer?

Leonardo: Fique tranquila. Prometo fazer cara de que gostei...

Carolina: Você disse que não mente!

Leonardo: Rs... Xeque-mate.

Carolina: Vai continuar conectado?

Leonardo: Sim. Por quê?

Carolina: Irmã Rosaura precisa usar o computador.

Leonardo: A gente se fala daqui a pouco?

Carolina: Sim. E quando eu voltar, pode ter uma surpresa.

Leonardo: Qual?!

Carolina: Calma. Primeiro tenho que tomar coragem...

Leonardo: Por favor, me diga qual é a surpresa.

Carolina: Calma. Rs... Volto em 20 minutos.

Leonardo: Estarei aqui.

Carolina: Beijo.

Leonardo: Beijo.

> "Não há amor sem coragem e
> não há coragem sem amor."
>
> Rollo May

Continuei na internet por mais 40 minutos. Já ia desligar o computador, quando minha adorável noviça reapareceu.

MSN, segunda-feira, 19h43min.

Carolina: Peguei o filme na farmácia.

Leonardo: Sério?

Carolina: Minhas pernas ainda estão tremendo.

Leonardo: Rs...

Carolina: Juro. Acabei de entrar no convento.

Leonardo: Come o chocolate. Acalme-se...

Carolina: Precisaria de muitas barras. Rs...

Leonardo: E assista ao filme sozinha. Faria isso por mim?

Carolina: Tem algo de mais nesse filme?

Leonardo: Claro! A nossa história.

Carolina: Só isso?

Leonardo: Só? Mulheres...

Carolina: Não quis menosprezar.

Leonardo: Quase conseguiu.

Carolina: Algum tipo de hipnose pra eu correr para sua casa?

Leonardo: Juro que não pensei nessa reação. Mas é possível...

Carolina: Será. Rs...

Leonardo: Se abrir seu coração para o *Violino Vermelho*...

Carolina: Só consegui dizer meia dúzia de palavras ao Gabriel.

Leonardo: Precisou de tudo isso?

Carolina: Com muito esforço elas saíram.

Leonardo: Daria pra resolver com quatro ou cinco.

Carolina: Como assim?

Leonardo: "Sou Carolina. Quero o filme."

Carolina: Não, não... Sou uma moça educada.

Leonardo: Então foram oito. Por favor + obrigada.

Carolina: Rs... Você está bem-humorado...

Leonardo: Conseguiu ser mais objetiva com ele do que eu.

Carolina: Meu problema é com você, não com o balconista.

Leonardo: Temos um problema?

Carolina: Não, eu é que tenho...

Leonardo: Não chamaria o que vivemos de "problema".

Carolina: Um publicitário apaixonado por uma freira...

Leonardo: E qual é o problema?

Carolina: Acha normal? Rs...

Leonardo: Bem, depois de ver o filme, e parar de chorar...

Carolina: Não choro à toa. Rs...

Leonardo: Mande um e-mail, telefone, apareça...

Carolina: Fui decidida a pegar o filme e levá-lo até sua casa.

Leonardo: Para devolver?

Carolina: Não. Rs... Queria assistir com você.

Leonardo: Deveria ter vindo!

Carolina: Mas me sentiria culpada. Entende?

Leonardo: Não. Não entendo.

Carolina: Não ia só chegar e dizer "oi" e "tchau".

Leonardo: Iríamos ver o filme, lhe ofereceria água...

Carolina: Rs... Consegue fazer piada de tudo.

Leonardo: Carolina, jamais faria nada que não quisesse.

Carolina: O problema é esse! Fazer o que quer!

Leonardo: Vai pro filme, vai...

Carolina: Vou sim. O senhor é quem manda.

Leonardo: Então, primeiro, venha pra cá.

Carolina: Rs... Agora, você me pegou.

Leonardo: Quero ver você pela webcam mais um pouquinho.

Carolina: Posso pensar?

Leonardo: Mostra, vai...

Carolina: Não estou pelada.

Leonardo: Talvez fique melhor com o hábito.

Carolina: Não me subestime. Rs...

Leonardo: Jamais faria isso. Pensava no frio.

Carolina: Já me viu hoje. Está tudo igual.

Leonardo: Só acredito vendo.

Carolina: Rs...

Leonardo: O que poderia acontecer se a subestimasse?

Carolina: Iria se surpreender depois. Rs... Deixa isso pra lá.

Leonardo: Isso foi um convite ou uma intimação?

Carolina: Nenhum dos dois. Eu disse "deixa pra lá".

Leonardo: Juro que me lembrarei disso na hora certa.

Mensagem na tela: Carolina convida Leonardo para vê-la pela webcam.

Carolina: Pra você parar de ser chato...

Leonardo: Tã nã nã nã nãnnnn...

Carolina: O que é isso?

Leonardo: Música de *striptease*.

Carolina: Desiste, vai...

Leonardo: Você fica linda sorrindo!

Carolina: Devo agradecer? Rs...

Leonardo: Só se for com beijinhos.

Carolina: Confesso que fico assim ao conversar com você.

Leonardo: Linda?

Carolina: Não. Sorrindo! E, Leonardo, beijo não se pede...

Leonardo: Hoje, na rua, vi uma mulher parecida com você.

Carolina: Já está me vendo em tudo que é lugar? Rs...

Leonardo: Olhei de novo pra me certificar. Era meio gorda...

Carolina: Não era eu!

Leonardo: Ainda bem! Rs... Vai ver o filme, vai...

Carolina: A conversa está tão boa...

Leonardo: Então, dê uma olhadinha pra câmera.

Carolina: Não, não...

Leonardo: Quero ver seus olhos violeta.

Carolina: Odeio câmeras. Não sou fotogênica.

Leonardo: Tudo bem. Fico de olhos fechados...

Carolina: Aí não vale!

Leonardo: No três. Um, dois, três. Não estou vendo nada...

Carolina: Rs...

Leonardo: Já olhou pra câmera? Posso abrir os olhos?

Carolina: Desculpe-me, fui pegar uma maçã. Rs...

Leonardo: Sério? Então, vou comer um chocolate.

Carolina: Espere só um minuto.

Leonardo: Só se você tirar o hábito.

Carolina: Estou sem nada embaixo. Rs...

Leonardo: Que delícia!

Carolina: O chocolate?

Leonardo: Não, o nada embaixo. Aliás, o sorriso.

Carolina: Vou ignorar o primeiro comentário.

Leonardo: Já pro filme!

Carolina: Espere um pouco!

Leonardo: Então responda: seu computador tem microfone?

Carolina: Tem.

Leonardo: Cante uma música pra mim.

Carolina: Não, minha voz é muito feia.

Leonardo: Só a voz? Rs... Brincadeirinha.

Carolina: Olhei pra câmera.

Leonardo: Eu estava digitando! Olhe de novo.

Carolina: Que pena...

Leonardo: Realmente, não gosto desse esquema virtual...

Carolina: É tudo que podemos ter...

Leonardo: Prefiro tato, cheiro, voz... Diga algo pelo microfone.

Carolina: Ele não está funcionando.

Leonardo: Sei...

Carolina: Juro.

Leonardo: Aliás, esse será nosso trato.

Carolina: Que trato?

Leonardo: A palavra "juro" vai significar "verdade absoluta".

Carolina: Preciso me lembrar disso. Juro.

Leonardo: Como se existisse outro tipo de verdade. Rs...

Carolina: Minha mãe perguntou por que estou rindo tanto.

Leonardo: Como assim? Ela está aí?

Carolina: No MSN. Eu estava testando a câmera dela.

Leonardo: Agora entendo o "não" ao *striptease*...

Carolina: Por quê? Vai pensando que foi só por isso...

Leonardo: Realmente, você fica linda sorrindo.

Carolina: Quer me comprar?

Leonardo: Não teria dinheiro pra isso.

Carolina: Saiu-se bem mais uma vez.

Leonardo: Do que adianta? Acabo fora o tempo todo...

Carolina: Hoje, faltou pouco pra ver você.

Leonardo: Meu amor...

Carolina: Está falando com o chocolate?

Leonardo: Rs... Quero seu bem incondicionalmente.

Carolina: É bom "ouvir" isso...

Leonardo: Quem ama, liberta. E já a libertei.

Carolina: Não consigo me libertar desse sentimento.

Leonardo: Consegue explicar o que sente?

Carolina: Só os sintomas. Mas isso eu digo pro médico. Rs...

Leonardo: Quero brincar de médico com você.

Carolina: Pegou pesado. Rs...

Leonardo: Mas não sei tratar a obesidade.

Carolina: Engraçadinho...

Leonardo: Prefiro outras especialidades.

Carolina: Cuidado! Mato uns pernilongos de vez em quando.

Leonardo: Que medo! Foi bom conhecer você! Um abraço.

Carolina: Rs... Jamais lhe faria mal.

Leonardo: Se doer, você dá beijinho?

Carolina: Muda de assunto, vai... Rs...

Leonardo: Acabei de desembrulhar sua bala.

Carolina: Cansou de esperar?

Leonardo: Agora, não posso falar... Estou pondo na boca...

Carolina: Isso é pra me tentar mais uma vez?

Leonardo: Na verdade, menti pra você. Havia mais duas.

Carolina: Ainda tem mais duas balas?

Leonardo: Sim. E juro que agora são as últimas.

Carolina: Mas quero essa que andou em seu bolso.

Leonardo: Aquilo duro em meu bolso era o celular.

Carolina: Não entendi.

Leonardo: Imaginei.

Carolina: Está me chamando de burra?

Leonardo: Não. Vou explicar.

Carolina: Piada não se explica...

Leonardo: Rs...

Carolina: Mas, se quiser, pode explicar essa. Rs...

Leonardo: Um casal está dançando no baile. A moça diz: "Tem algo duro em seu bolso!". O cara responde: "É o celular".

Carolina fica sem escrever por alguns segundos...

Leonardo: Acabou a piada, Carolina. Pode rir!

Carolina: E você acha isso engraçado?

Leonardo: Acho. É piada de homem.

Carolina: De homem sem graça. Rs...

Leonardo: Numa próxima vida, quem sabe você entenda?

Carolina: Tudo bem. Vou desconsiderar o machismo.

Leonardo: Agora deu risada. Eu vi!

Carolina: Você é tão engraçadinho...

Leonardo: Também há piadas que homem não acha graça.

Carolina: Sabe alguma?

Leonardo: Qual é a diferença entre um homem e uma pilha?

Carolina: Há muitas. Mas qual é a resposta da piada?

Leonardo: A pilha tem, pelo menos, um lado positivo.

Carolina: Rs... Adorei!

Leonardo: Não achei a menor graça. E pare de rir!

Carolina: Vou tentar. Rs...

Leonardo: Eu amo você.

Carolina: ...

Leonardo: Ficou muda.

Carolina: Você me deixa assim. Rs...

Leonardo: Você já disse "eu amo você" pra alguém hoje?

Carolina: É algo que tenho dito muito pouco...

Leonardo: Se falássemos mais vezes, o mundo seria melhor.

Carolina: A gente só lembra de dizer quando já não dá mais...

Leonardo: É... Estou ficando com fome.

Carolina: E o que isso tem a ver com o amor?

Leonardo: Nada. Ou tudo, já que o amor alimenta a alma.

Carolina: Sou meio chata com comida. Evito muita coisa...

Leonardo: Você é deliciosa.

Carolina: Como sabe? Posso ser chata pessoalmente.

Leonardo: Certamente será.

Carolina: Por quê?

Leonardo: Todo mundo é chato pessoalmente.

Carolina: Não concordo.

Leonardo: Você é chata?

Carolina: Não vou fazer propaganda contra.

Leonardo: Rs... Por isso que não quis fazer o *striptease*?

Carolina: Ainda não perdeu o senso de humor?

Leonardo: Nem morto... Já escolhi a frase de minha lápide!

Carolina: Lá vem... Qual será?

Leonardo: "Sorria! Enquanto pode."

Carolina: Rs...

Leonardo: Quero beijar você.

Carolina: ...

Leonardo: Reticências me lembram música de *striptease*.

Carolina: Esquece logo isso... Rs...

Leonardo: Vi que você acabou de bater a testa no teclado.

Carolina: Não, foi em meu joelho. Rs...

Leonardo: Pensava em algo especial?

Carolina: Quando?

Leonardo: Já vi que não pensava.

Carolina: Não soube o que responder. Só isso.

Leonardo: Uau! Meu primeiro xeque-mate.

Carolina: Parabéns. Um a um.

Leonardo: Agora a gente disputa a "nega"?

Carolina: Nunca ouvi isso.

Leonardo: Acho que escutei em São Paulo.

Carolina: Deve ser coisa de paulista mesmo...

Leonardo: Talvez. Aquele é um povo evoluído.

Carolina: Acha mesmo, "mano"? Rs...

Leonardo: Claro. Inclusive, nasci lá. Rs...

Carolina: Mas não conseguem formar um plural sequer.

Leonardo: Um plural é singular. "As mina sabe disso."

Carolina: Rs... Espero que na próxima vida você seja carioca.

Leonardo: Quero não. Muito quente. O bebê sofre.

Carolina: Sofre nada. Vai à praia. Não tem garoa...

Leonardo: Bairrismos à parte, prefiro voltar a dizer que eu...

Carolina: Continue.

Leonardo: Já ia escrevendo o terceiro "eu amo você".

Carolina: Por que parou?

Leonardo: Lembrei de uma música do Frank Sinatra...

Carolina: Qual?

Leonardo: *Something Stupid*.

Carolina: Acho que não conheço. O que diz a letra?

Leonardo: O cara leva sua nova paquera a um lugar especial...

Carolina: Posso tentar imaginar o que vai acontecer? Rs...

Leonardo: A noite está perfeita. O céu, estrelado...

Carolina: O que mais?

Leonardo: A garota, perfumada...

Carolina: E...

Leonardo: E ele estraga tudo ao dizer "eu amo você".

Carolina: Tinha um DVD do Frank Sinatra em minha casa.

Leonardo: Sonhei com ele na noite passada.

Carolina: Com o Frank Sinatra? Rs...

Leonardo: Cantava "Garota de Ipanema" com o Tom Jobim...

Carolina: Tem essa música no DVD.

Leonardo: No sonho, se chamava "Garota do Leblon".

Carolina: Deixe em Ipanema... Leblon não rima com poema.

Leonardo: Mas rima com bombom...

Carolina: Meio brega, não?

Leonardo: Nada fica brega diante de seus olhos azuis...

Carolina: Você é muito gentil.

Leonardo: Pode me esperar por um minuto?

Carolina: Claro.

Leonardo: Já volto...

"Que não seja imortal,
posto que é chama.
Mas que seja infinito
enquanto dure."

Vinicius de Moraes

Naquele instante, lembrei das "pupilas azuis" descritas pelo espanhol Gustavo Bécquer. Numa coincidência inspiradora, havia lido o poema duas semanas antes de conhecer Carolina. Era o destino. Preparava-me para o cinema.

O texto apaixonado mergulha no olhar da amada. A claridade no sorriso dela remete o poeta ao amanhecer no mar. As lágrimas na superfície azulada parecem gotas de orvalho numa violeta. E um ponto brilhante na imensidão azul, uma estrela perdida no céu da tarde.

Tu pupila es azul, y cuando ríes
su claridad suave me recuerda
el trémulo fulgor de la mañana
que en el mar se refleja.

Tu pupila es azul y cuando lloras
las transparentes lágrimas en ella
se me figuran gotas de rocío
sobre una violeta.

Tu pupila es azul y si en el fondo
como un punto de luz radia una idea,
me parece en el cielo de la tarde
una perdida estrella.

A poesia, com quase 150 anos, era perfeita para aquele instante. Queria transcrevê-la para Carolina. Corri até a sala de TV, onde ficam os livros. Depois de passar os olhos nas prateleiras, abri o imenso baú dos DVDs. O lugar preferido de Dona Maria para esconder o que encontra pela casa. E acabei achando o que não queria. A foto cortada ao meio.

Tânia era delicada. Pelo menos, no início. Com o tempo, se mostrou agressiva. A mais pegajosa das minhas namoradas. Capaz de elevar o ciúme à condição de pecado capital. O primeiro vexame foi na praia. O alvo, Priscila. A amiga de adolescência me chamou de Leléo. Tânia não acreditou que estudamos juntos. Perguntou, cinco vezes seguidas: "Quem é ela?". E, mesmo depois da explicação, despejou uma latinha de cerveja nas costas da coitada. Antes que rolassem na areia, arrastei Tânia pra longe dali.

Sempre fugi de mulheres ciumentas. O risco é iminente. O surto, inevitável. Mas aquela mordidinha em meu lábio superior só Tânia sabia dar...

Na segunda crise histérica, encrencou com uma garçonete em São Paulo. Uma bela morena que trabalhava no Spot, perto da Paulista. Bastaram um sorriso e um "boa-tarde". Tânia enlouqueceu. Ferina, encarou a moça. Chegou a se levantar. Já pressentindo o pior, a segurei pelo braço. Consegui evitar que voasse naquele lindo pescoço. Pedi desculpas à garçonete e levei minha louca para fora do restaurante.

A terceira afronta foi com minha psicóloga. Tânia não sabia que Larissa era jovem e bonita. Num fim de tarde, foi me esperar na antessala do consultório. Na saída, fiquei irado com seu comentário: "Que coisa curiosa! Sua terapeuta é bem diferente da senhora gorda e feia que você descreveu pra mim!". Foi a gota-d'água.

Terminamos o namoro cinco minutos depois. No bar da esquina. Tânia quis levar até a foto que eu carregava na carteira. O registro de um casal, um dia feliz, em Visconde de Mauá. "Garçom! Uma faca, por favor." Fez questão de deixar metade da imagem. "Obrigada." Na mesa de mármore, cortou a fotografia. Acabou levando minha mão direita, apoiada em seu ombro.

Talvez o ciúme feminino esteja ligado à disputa. E como gostam de competir... Mais uma característica que os homens jamais entenderão. Jogamos limpo com os adversários. Regras claras. Respeitamos as habilidades do inimigo. No fim, o derrotado se dá por vencido.

No universo feminino, os confrontos parecem bem menos previsíveis. Um duelo em que tudo é permitido. A intriga é uma das principais armas. "Sabe o que a fulana falou de você?" Que coisa feia!

A disputa pelo macho perfeito é compreensível. A fêmea busca o mais saudável, o mais inteligente. Tudo para garantir boa genética aos filhos. Mas a vitória parece insuficiente. Ela segue na batalha até aniquilar as concorrentes. Só encerra a luta ao ver as rivais na lona, sem chance de reação.

Nessa autoafirmação, os filhos são usados como troféu. "Meu garoto é muito mais estudioso que o dela." "A filha daquela doida está namorando um rapaz tão estranho..." E a mãe pode até não falar, mas está convicta de que tem o bebê mais lindo do mundo! Mesmo quando nasce todo enrugado, com cara de joelho...

Mas, por incrível que pareça, nem todas as mulheres são iguais. Há as que preferem viagens a fraldas. Jantares à febrinha no hospital. Soninho no sábado de manhã aos gritos pela casa. A maioria das que trabalham na agência pensa assim. Pelo menos, é o que elas dizem. Filho, só depois que lançarem o "modelo novo".

Numa reunião da equipe de criação, elas projetaram o recém-nascido do futuro. Virá com três teclas na barriga. Uma para a função *auto clean*. Bastará um leve toque no botão da direita. Em cinco segundos, o bebê estará limpinho e cheiroso. A tecla da esquerda vai acionar o *sleep timer*. O manual, que acompanhará o pimpolho, mostrará passo a passo como ajustar o sono da criança ao dos pais. No meio, perto do umbigo, o botão *fast food*. O trabalho da mãe será deixar a papinha na mesa, diante do filho. Ao lado do prato, uma colher. O superbebê fará o restante.

Outra novidade revolucionária será o sistema antichoro. O *baby smile club*. Quando a birra começar, basta telefonar para o número que virá no manual. No mesmo instante, o fofinho começará a sorrir. O efeito da ligação vai durar duas horas. O serviço gratuito poderá ser acionado sem limites.

Depois de ouvir atentamente a alucinação coletiva, confesso que fiquei animado: "Vou adorar ser pai!". Mas, antes, preciso de uma candidata à mãe. Por que não Carolina?

Sem achar o livro, abandonei a ideia do poema e voltei ao computador.

"Em matéria de amor, o silêncio vale mais do que a fala."

Blaise Pascal

Dois minutos depois...

Leonardo: Voltei. Um dia, lhe conto o que acabei de fazer.

Carolina: Lavou as mãos?

Leonardo: Rs... Não.

Carolina: Que nojo! Vou me lembrar disso!

Leonardo: Rs... Quero ver seus cabelos. Pode tirar o véu?

Carolina: Por que homem gosta de cabelo solto?

Leonardo: Bem, na Grécia antiga... Sei lá o porquê.

Carolina: Por que quer ver meus cabelos?

Leonardo: Com tanta pergunta nem quero mais...

Carolina: Quanta má vontade! Só estou perguntando.

Leonardo: Mulher pergunta muito.

Carolina: Então, conversa com homem.

Leonardo: E agora? Parquinho fechado por uma semana?

Carolina: Não, não... Nem abriu pra você.

Leonardo: A fila está grande?

Carolina: Quer mesmo resposta?

Leonardo: Vi pela sua cara que ficou irritada! Rs...

Carolina: Você ainda tem mãe?

Leonardo: Por quê? Está dando a sua?

Carolina: Você nem a conhece. Só viu minha avó.

Leonardo: E gostei muito dela. De você, mais ou menos.

Carolina: Fala "juro".

Leonardo: Verdade.

Carolina: Vou ignorar seu comentário. Rs...

Leonardo: Ainda estou com fome.

Carolina: Vai comer. Vou ver o filme. Sabe cozinhar?

Leonardo: Não. Estou pensando em sua bala...

Carolina: Chupe a sua.

Leonardo: E se eu ficar com vontade de chupar outra depois?

Carolina: Aí você se controla.

Leonardo: Posso, ao menos, desembrulhá-la?

Carolina: Não, você não lavou as mãos.

Leonardo: Deixa, vai...

Carolina: Come logo! É capaz de me fazer mal depois.

Leonardo: Rs...

Carolina: Ficou com esse olho no chocolate também?

Leonardo: Não. Rs...

Carolina: Avise antes! Eu devolvo.

Leonardo: Mas juro que escondi até de mim.

Carolina: Deve ter o mesmo problema que eu. Rs...

Leonardo: Amar você?

Carolina: Sempre se saindo bem...

Leonardo: E ficando fora... Bem, vou nessa.

Carolina: Tudo bem. Afinal, já me viu demais por hoje.

Leonardo: Estou começando a enjoar...

Carolina: Viu?

Leonardo: Enjoar de tanta bala... Gostou do chocolate?

Carolina: Estou deixando pro filme. Pacote completo.

Leonardo: A sessão, aqui em casa, começa em 20 minutos.

Carolina: Isso é um convite? Rs...

Leonardo: Sim. Prometo fazer apenas o que você quiser.

Carolina: Prometa que faremos apenas o que eu deva fazer.

Leonardo: Nós devemos viver. E ponto.

Carolina: Acho que eu morreria no elevador se fosse até aí.

Leonardo: Eu ajudaria a enterrar. Rs...

Carolina: Deus lhe pague.

Leonardo: Xeque-mate. Beijo.

Carolina: Beijinho...

Leonardo: Vi que você suspirou.

Carolina: Está vendo demais...

Leonardo: E está com a mão na testa, pensando... Ir, ou não ir?

Carolina: ...

Leonardo: Venha!

Carolina: Acredite, não é por falta de vontade...

Leonardo: Suspirou de novo. Eu vi!

Carolina: Vou parar de suspirar, e de respirar, até ficar roxa.

Leonardo: Falta coragem para se ver diante de seus desejos?

Carolina: Para dar um passo à frente...

Leonardo: Desde que seja em sua própria direção, não tema.

Carolina: ...

Leonardo: E lá vem você com os três pontinhos...

Carolina: ...

Leonardo: Prático, Heitor e Cícero.

Carolina: Quem são esses?

Leonardo: Os três porquinhos, no desenho da Disney.

Carolina: Nem lembrava que tinham nome.

Leonardo: Esse conto infantil surgiu no século XVIII.

Carolina: Não sabia...

Leonardo: E há muitas versões. Quer ouvir a que mais gosto?

Carolina: Claro. Rs...

Leonardo: O primeiro porquinho se chamava "Prudente". Fez uma casa de bambu. Achava que a resistência da planta ao vento garantiria segurança no lar. Mas o lobo soprou...

Carolina: Tem filhos ou boa memória?

Leonardo: Moram com a mãe na Suíça. Posso continuar?

Carolina: Então, a memória que é boa... Vai...

Leonardo: Você também... E soprou, soprou... E a casa se foi...

Carolina: Eu o quê?

Leonardo: Deixa pra lá... Nossa! Perdi o fôlego de tanto soprar.

Carolina: Respire! Rs...

Leonardo: O segundo porquinho se chamava "Moderado". Fez um lar de estrutura metálica. Mas o lobo era forte!

Carolina: Estrutura metálica? Rs...

Leonardo: A senhorita me permitiria concluir a fábula?

Carolina: Rs... Vai em frente.

Leonardo: E o superlobo destruiu o aço.

Carolina: Rs... E o que aconteceu com o terceiro porquinho?

Leonardo: Ele nada sofreu. Já havia abandonado a área. E hoje, "Destemido" mora em Paris com uma linda porca cor-de-rosa!

Carolina: Isso está em algum livro? Rs...

Leonardo: Está nas nossas vidas, Carolina.

Carolina: Moderação e prudência são vitais!

Leonardo: Mas só vence quem se liberta do medo!

Carolina: "E agora, José?"

Leonardo: Xeque-mate ou faça viver?

Carolina: Tenho que responder agora?

Leonardo: O *Arquivo-X* diz que "a verdade está lá fora".

Carolina: Adorava essa série.

Leonardo: Mas acho que as respostas estão dentro de nós.

Carolina: Já dei um passo à frente. Um de cada vez...

Leonardo: Que passo deu?

Carolina: Acha que foi fácil pegar o filme na farmácia?

Leonardo: Acho que precisa viajar. Vamos ao Chile?

Carolina: Rs... Foi piada?

Leonardo: Não. Estou de férias. Quer ir amanhã?

Carolina: Não posso.

Leonardo: Não perguntei se pode. Apenas se quer.

Carolina: Deve estar enjoado de minha resposta...

Leonardo: Ficou com a pele rosa. Vi pela *webcam*.

Carolina: É a vergonha. Rs...

Leonardo: Quer?

Carolina: Quero, mas não posso.

Leonardo: Vou ficar só com a primeira palavra da frase.

Carolina: E vai fazer o quê? Passar aqui e me pegar às nove?

Leonardo: Meio cedo. Pode ser às dez?

Carolina: Rs... Está mesmo esperando resposta?

Leonardo: Foi uma pergunta, não foi?

Carolina: Tenho aula de teologia nesse horário.

Leonardo: Elas sempre arranjam uma desculpa... Beijo.

Carolina: Não vai embora, não...

Leonardo: Estarei sempre aqui.

Carolina: Assim não vale.

Leonardo: A gente se vê?

Carolina: Já está me vendo. Só falta eu ver você.

Leonardo: Imaginei como seria nosso encontro na sexta-feira.

Carolina: O que aconteceria?

Leonardo: Você chegava e fazia sinal de silêncio com o dedo indicador na boca. Imediatamente, íamos pra caminha...

Carolina: ...

Leonardo: Lá ficávamos por duas, duas não, por dez horas...

Carolina: Rs...

Leonardo: Sem palavras. Mas, havia outros sons, é claro!

Carolina: Rs...

Leonardo: Ao acordar, você não estava lá. Como num sonho...

Carolina: Lindo...

Leonardo: Mas o outro lado da cama estava amassado...

Carolina: É assim que quer que seja? Que eu não diga nada?

Leonardo: Quero que esteja inteira pra você. Bom filme.

Carolina: Beijo...

"O sexo busca o prazer; o amor, a pessoa."

Fulton John Sheen

Depois do filme...

MSN, segunda-feira, 23h48min.

Carolina: Está aí?

Leonardo: Sim. Gostou?

Carolina: Gostei.

Leonardo: Chorou?

Carolina: Não. Mas não fique decepcionado. Rs...

Leonardo: Imaginava.

Carolina: Então por que pergunta? Homem pergunta demais!

Leonardo: Rs...

Carolina: Foi brincadeira, viu? Rs...

Leonardo: Estou meio cansado...

Carolina: De mim?

Leonardo: Jamais... Tenho dormido mal, me alimentado pouco.

Carolina: Tem que se cuidar...

Leonardo: Estou resfriado. Hoje, espirrei bastante.

Carolina: Adoro espirrar.

Leonardo: Rs...

Carolina: Então, vou deitar. Ia descer até a capela, mas desisti.

Leonardo: Venha rezar comigo.

Carolina: Estou de pijama, pantufas de coelhinho...

Leonardo: Bob no cabelo?

Carolina: Rs... Não iria querer me ver assim...

Leonardo: É verdade, melhor ficar aí.

Carolina: Não dá pra ser *sexy* com esse frio. Rs...

Leonardo: Tenho aquecedor em meu quarto.

Carolina: Isso não foi um convite, foi?

Leonardo: Foi.

Carolina: Vou abrir a gaveta das camisolinhas e escolher uma.

Leonardo: Rs...

Carolina: Você espera? Rs...

Leonardo: Claro. Venha... Diga que vai comprar cigarro.

Carolina: Mas eu não fumo.

Leonardo: Muita gente sai pra comprar cigarro e nunca volta.

Carolina: Rs...

Leonardo: Falava do resfriado...

Carolina: Tomou remédio?

Leonardo: Um chá. Nas férias me permito ser mais humano.

Carolina: Como assim?

Leonardo: Ficar gripado, esperar a chuva passar, me apaixonar.

Carolina: E quando as férias acabarem? Espero mais um ano?

Leonardo: Não. O dono da agência tira férias quando quer.

Carolina: Que bom! Já estava preocupada. Rs...

Leonardo: Teremos também os fins de semana...

Carolina: Se não se importa, vou terminar esse sonho na cama.

Leonardo: Goze a noite, com crase também...

Carolina: O vigia já se foi. É sem crase mesmo.

Leonardo: Não gostei da brincadeira. Boa noite.

Carolina: Fala o que quer... Rs...

Leonardo: Vai dormir, vai.

Carolina: Não vai mandar nem beijo?

Leonardo: Espere acordada.

Carolina: Ficou irritado! Rs...

Leonardo: Deve ter sido piada de mulher. Não achei graça...

Carolina: Rs... É ciumento?

Leonardo: Foi um prazer conhecê-la.

Carolina: Não tem beijo?

Leonardo: Só um selinho. E bem rápido!

Carolina: Está menos irritado agora? Rs...

Leonardo: Meio frustrado... Afinal, freiras ainda não se casam.

Carolina: Sinta-se no direito de abandonar o barco.

Leonardo: ...

Carolina: Pode dizer o que pensa. Prefiro que seja assim.

Leonardo: Não posso dizer tudo.

Carolina: Lembra do que combinamos? A verdade.

Leonardo: Mas há uma coisa que só lhe direi daqui a três anos.

Carolina: Já sei: "tchau".

Leonardo: Rs...

Carolina: Precisa aprender a viver sem a paixão.

Leonardo: Morro.

Carolina: Morre nada.

Leonardo: Do mesmo jeito que você.

Carolina: Não morri. Engano seu.

Leonardo: Estava só adormecida?

Carolina: Isso.

Leonardo: Eufemismos...

Carolina: Agora me dá um beijo. Vou adormecer de verdade.

Leonardo: Não dou.

Carolina: Vou sem...

Leonardo: Detesto essa onda virtual. E não quero alimentá-la.

Carolina: Eu também. Mas vai melhorar, seja paciente.

Leonardo: Eu sou. Doutora.

Carolina: Não sou médica, sou freira.

Leonardo: Acho que deveríamos tentar parar.

Carolina: Quer mesmo?

Leonardo: Queria viver uma situação diferente com você...

Carolina: Eu também. Não duvide disso.

Leonardo: Não a ajudo em nada na posição em que estou...

Carolina: Não preciso de ajuda.

Leonardo: O homem que lhe deseja. Que se encantou por um olhar e por mensagens bem escritas. Cheias de sentimento...

Carolina: Estou nessa porque quero.

Leonardo: Gostaria de lhe convidar pra jantar...

Carolina: Quem sabe um dia...

Leonardo: Almoçar nuns domingos de sol, outros de chuva...

Carolina: Tantas coisas ainda por vir...

Leonardo: Dançar com você...

Carolina: Adorava dançar.

Leonardo: Telefonar no meio da tarde...

Carolina: Só pra dizer que está com saudade... Rs...

Leonardo: Conhecer suas primas...

Carolina: Mas eu não tenho primas. Rs...

Leonardo: E depois desses encontros roubaria um beijo seu...

Carolina: Queria que me raptasse para roubar infinitos beijos.

Leonardo: Queria mesmo?

Carolina: Assim, não me sentiria culpada. Apenas, vítima.

Leonardo: E depois, quando uma mulher olhasse pra mim, na rua, você faria uma ceninha de ciúme... E eu lhe daria um pé...

Carolina: Rs... Ciúme? Não sou ciumenta.

Leonardo: E se os beijos fossem bons, a deixaria muito a fim de passar uma noite comigo...

Carolina: Uma só? Rs...

Leonardo: E, depois de umas cinco, cinco não, umas 50 noites iluminado por você, poderíamos viajar...

Carolina: Polinésia Francesa? Rs...

Leonardo: E depois de umas 40 viagens, moraríamos juntos...

Carolina: Nossa, foi longe. Usa drogas?

Leonardo: Só chocolate. As balas acabaram.

Carolina: Rs... Já estava ciente de que me fariam mal.

Leonardo: Mas nada seria feito à força como você "gostaria".

Carolina: Rs... Bem, agora preciso mesmo sair.

Leonardo: Você já está fora.

Carolina: Sair do MSN.

Leonardo: Vai em frente.

Carolina: Não estou fora. Estou "mais dentro" do que imagina.

Leonardo: Espero que seja dentro de você mesma.

Carolina: Também.

Leonardo: Durma bem.

Carolina: Ficaria aqui a noite toda, se pudesse. Ou melhor, aí.

Leonardo: Agora, sem aquele papo-criança de "bons sonhos"...

Carolina: É você que fala isso. Eu só mando beijo.

Leonardo: Rs...

Carolina: Mesmo assim, mal-educado, sinta-se beijado.

Leonardo: Posso escolher o local do beijo?

Carolina: Olha o grau de intimidade!

Leonardo: Já ia tirando o celular do bolso.

Carolina: Ai! Que horror! Podia dormir sem essa...

Leonardo: Que posso fazer se ele acabou de tocar?

Carolina: Homens e seu excesso de testosterona...

Leonardo: Graças a Deus. "Multiplicai-vos", lembra?

Carolina: Comigo não. Fiz opção pela vida religiosa.

Leonardo: Então, podemos ficar só com a parte do "crescei".

Carolina: Agora preciso ir. Vai querer o beijo?

Leonardo: Não.

Carolina: Vai ficar sem...

Leonardo: "Beijo virtual" não é comigo...

Carolina: Então, guarde apenas na imaginação.

Leonardo: Durma bem.

Carolina: Sem beijo. E sem "bons sonhos".

Leonardo: Nem abraços virtuais?

Carolina: Muito menos isso. Até...

Leonardo: Adeus por hoje.

Carolina: Assim pode. Adeus por hoje.

Leonardo: E não precisa mandar uma mensagem logo cedo...

Carolina: Rs...

Leonardo: Agora, seu papo é com você.

Carolina: Entendi.

Leonardo: Em sua velocidade... Tente me esquecer um pouco.

Carolina: Rs... Prometo.

Leonardo: Quando a gente se apaixona, passa a pensar mais no outro, nos sonhos. Quase esquece do mundo real...

Carolina: E quando a paixão acabar?

Leonardo: A gente muda de sexo e de nome. Viro Carolina. Você, Leonardo. E começa tudo de novo...

Carolina: Fala sério... Como vai ser quando a paixão acabar?

Leonardo: Será ainda melhor. A paixão acaba, o amor começa.

Carolina: Você parece não ter medo de mergulhar de cabeça nessa história, mesmo sob o risco de se quebrar todo...

Leonardo: Estou em terra firme, Carolina.

Carolina: Eu ainda navego.

Leonardo: Sei que é perigoso pular de um barco para o outro...

Carolina: Melhor seria descer no cais... Caminhar na areia.

Leonardo: No continente, o mal-estar, o enjoo da viagem, tudo passa. E depois, se quiser fazer nova viagem, você embarca.

Carolina: Agora, me deu vontade de ir à praia. Rs...

Leonardo: Outro dia, quem sabe... Beijo.

Carolina: Beijos...

Estava preocupado. Como seria nosso futuro se Carolina abandonasse o convento por mim, não por ela? Precisava alertá-la, uma última vez. Estava, também, fragilizado. A dor da paixão era forte. Para tentar me proteger, pulei do barco. Depois da conversa no MSN, a despedida seguiu num e-mail: "O que você acha de abandonar nossos encontros virtuais? Sei que há o risco de não lhe ver mais. Porém, você precisa ter a chance de fortalecer algumas certezas. Talvez, desfazer outras. O afastamento poderia lhe ajudar. Vai doer. Vou sentir sua falta. Mas torço para que o destino nos reserve um reencontro. Não estou fugindo de você. Nem dos meus desejos. Apenas tento criar a oportunidade de uma nova aproximação. E, desta vez, real. Sem a droga da culpa, que poderia, num futuro, nos privar da felicidade em nosso encontro marcado. Espero que sinta muito minha falta...".

*"O amor é sempre belo.
Mas só é grande quando sofre,
perdoa ou tem saudades."*

Luiz Depret

Dois dias se passaram e a resposta não veio. Com medo de perdê-la definitivamente, abri meu coração em novos e-mails.

Quinta-feira, 18h40min.

"Quero lhe fazer uma proposta. Você aceitaria posar para a capa de meu livro? Mas fique tranquila. Não daria pra lhe reconhecer. Afinal, a fila de pretendentes poderia aumentar. A imagem começaria abaixo dos olhos e terminaria antes dos mamilos. Que nomezinho lindo! Posso pagar seu cachê em beijinhos? Ou prefere flores? Carolina, o anoitecer está lindo aqui fora. Há pouco, sobrevoei o Rio no helicóptero de um amigo. O pôr-do-sol fica ainda mais bonito visto lá do alto. Durante o voo, imaginei como seria bom lhe apresentar meus amigos. Pessoas que tornam o mundo mais interessante. A tarde toda, fiquei conectado à espera de um e-mail seu. Já que não mandou, aproveito essa mensagem pra dizer, mais uma vez, que amo você. Liberte-se! Vamos voar juntos. E mesmo sob o risco de enjoar de ouvir, vou repetir até que acredite em mim: amo você".

Sexta-feira, 10h26min.

"Mais um dia lindo! Perfeito para largar tudo e vir à praia. Talvez, inspirada no sol e no amor. Enquanto estivermos separados, é assim que vou me lembrar de você: como um dia ensolarado. Há pouco, estava olhando as gaivotas. São um exemplo de determinação. Mergulham no mar, certas da conquista. Raramente, saem da água sem um peixe. Sabem o que querem. Como somos diferentes dessas aves... Acho que uma das grandes travas do ser humano é a falta de um objetivo definido. E você, Carolina? Sabe o que quer? Faça essa pergunta pra você. Depois, imagine como será sua vida ao alcançar sua meta. E pense, por que quer isso? Responda! Seja sincera com você. Eu sei o que quero. Ter você ao meu lado. Você e o universo que a cerca. Deve ter algumas plantas de estimação.

Toda mulher tem. Minha empregada vai adorar cuidar das suas. Dona Maria conversa com todos os vasos... Sapatos! Sim, sapatos! Imagino que gostaria de ter uma infinidade deles. Depois de sofrer com minhas ex-esposas, sem saber onde botar todos aqueles pares, comprei três grandes cômodas. Em cada uma cabem 40. Se for insuficiente, compramos mais uma. Se ainda for pouco, levo você ao médico. Se quiser um gatinho, podemos adotar um lindo persa. Mas, nessa parte, não dividiremos tarefa... Você vai limpar a caixinha dele. Pelo menos, nos primeiros dias. Depois me acostumo. Seja paciente comigo. Amo você."

Sábado, 07h02min.

"Estava inquieto na cama. Acabei levantando mais cedo que o habitual. Descobri o porquê. Omiti que tenho uma leve alergia respiratória. Espirro com gatos. São lindos. Mas ainda não me sinto preparado para dividir a casa com um deles. E mais, o Elvis pode devorar seu bichinho. Perdoe-me por decepcioná-la... Já pensei em ter um grande aquário na sala. Lembra do Nemo? Podemos dar um lar à família dele. Se quiser cavalos, serão bem-vindos. Morariam no Jockey. Ou em nossa casa de campo, onde poderíamos ter patos, galinhas-d'angola... Por enquanto, a ideia de dividir o lençol com duas gatas me assusta. Mas, se meu labrador deixar, juro que prometo tentar. Mas que venha uma de cada vez! Pronto, me sinto melhor. Amo você."

Domingo, 11h45min.

"Meia hora atrás, curtia na cama o friozinho do fim da manhã. Mas estava quente por dentro. Muito. Pensava em duas coisas. Ligadas a você. Quero muito tê-la em minha cama... E transformá-la, mesmo que por um único encontro, em nossa cama. Uma experiência, se é que posso usar essa palavra, que considero necessária. Sabe aquela história de "só acreditar vendo"? Preciso olhar nos seus olhos. E, quem sabe, chegar à conclusão de que "ela não é tudo isso". Depois, quero beijar você. E talvez me frustrar com seu beijo. Seu cheiro pode não combinar com o meu... E, por fim, precisamos de uma última prova. Você pode ser uma mulher cheia de não-me-toques, "desse jeito não, eu só faço assim...". Se você vier, poderemos desfazer as dúvidas. Se ficar aí, prefiro achar que você é linda, inteligente, uma mulher especial. Mas uma freira na cama. Muito distante daquela dos meus sonhos... Já ia me esquecendo. Disse que eram duas coisas. A outra é esse ar de 'adeus' que, por vezes, imprimo em minhas mensagens. Talvez, na tentativa de não sofrer ao ficar sem resposta. Venha agora à tarde. Mesmo que só para ver o mar. As gaivotas já estão pescando..."

Segunda-feira, 08h07min.

"Acordei umas três vezes durante a noite. Nos sonhos, você havia chegado. Talvez, efeito do vinho do jantar. Quem sabe, outro dia, outra noite... Num outro momento. Mas não vou abandonar esse sonho. Quem não sonha, não vive. Hoje, não há sol. Mas há você. No rádio, uma sequência de músicas românticas. Agora, *Heaven*, do Bryan Adams. Por falar em "Paraíso", fiz um pedido no meio da noite. Que a grande força que move o universo interceda por sua felicidade. Com o coração livre, pedi que a ilumine e que, rapidamente, a vida lhe dê o que de melhor estiver reservado a você. Mesmo que seja longe de mim. Em seguida, me senti muito bem. E adormeci. Acordei, há pouco. No rosto, um sorriso apaziguado. Hoje, as gaivotas estão tímidas. Acho que esperam pelo sol. Também torço para que ele apareça e conduza você até aqui. Antes de me despedir, quero lhe agradecer por uma frase que você disse em nossa última conversa pelo *Messenger*. Escreveu que estava impressionada com minha atitude: a coragem de mergulhar de cabeça em nossa história, mesmo correndo o risco de me quebrar todo. Pensei sobre isso. Realmente, mais uma vez, você me ajudou a ver o melhor de mim. Sinto-me feliz por estar liberto. Vivo. E mergulho, sim! Que um dia você se permita ter essa sensação... As gaivotas começaram a pescar. Esperavam pelo sol."

Terça-feira, 10h27min.

"Vou almoçar mais tarde com uns amigos num lugar bonito. Seria bom se você viesse. Como digo sempre, 'quem sabe, um dia...'. Aproveite esse tempo na clausura para descansar. E sonhar com respeito, atenção e amor. Ontem, deletei todas as nossas mensagens. Fiz isso ao som de *You're beautiful*. O teclado ficou molhado. Estava sofrendo demais ao reler suas mensagens sem ter uma nova resposta. Hoje, meu lado que nunca desiste acordou sorrindo. Veio ligar o computador em busca de um novo e-mail. O que ainda dorme, vai me levar de volta pra cama. Meio acordado, estarei esperando que você apareça nesse fim de manhã. Amo você, Carolina. Sinta-se beijada por mim. E sorria! Você fica linda assim."

Quarta-feira, 22h10min.

"Acho que estou meio carente, apesar de o dia ter sido lindo. Fui à Paraty com dois amigos fotógrafos. Falamos da beleza dos casarões, do mar, das ilhas. Por vezes, olhei para os lados procurando você. Queria comentar algo interessante, saber sua opinião, abraçá-la. Há pouco, entrei no Orkut para rever sua foto. Não está lá. A página sumiu. Madre superiora deve ter lhe obrigado a abandonar os amigos da internet. Sinto sua falta, Carolina. Muito. Como nunca. E não posso mais viver desse jeito. Preso a esse sentimento. Por isso, este é meu último e-mail. Juro. Você é uma pessoa muito especial pra mim. Mas ao passado pertence. E será sempre uma doce lembrança. Viva em paz."

"Lutar pelo amor é bom, mas alcançá-lo sem luta é melhor."

William Shakespeare

No dia seguinte, o porteiro me acordou cedo. Trazia a mensagem final de Carolina. Estava dentro de uma pequena caixa. Junto, um CD e dez balinhas. Cinco de café, cinco de framboesa. Na mesa de jantar, deixei o laço verde que envolvia a encomenda. E abri a carta:

"Leonardo, preferi o papel por achar mais delicado. Senti-me compelida a escrever. Não por ter recebido seus e-mails, mas por achar que falei menos do que devia. Sim, mais um defeito meu... Chame do que quiser. Julgue como desejar. Peço apenas que tente me entender. Preciso passar por tudo isso.

Tenho que ir em frente para ter a certeza de que nunca daria certo no convento. Quero sofrer agora para não correr o risco de um arrependimento no futuro. Espero que essa vocação, se for o caso, morra dentro de mim completamente. Para que só restem as boas lembranças. Esse tempo também lhe será muito útil, acredite. Isso não é um pacto. Apenas, acredito que, quando tudo isso terminar, se você ainda me quiser e eu ainda o quiser, ficaremos juntos.

Cheguei a ter uma ideia maldosa esta semana. Mas desisti dela. Achei que seria maravilhosa por algumas horas. Mas terrível pelo resto da vida. Pensei em passar numa loja de lingerie. Depois, chegar em seu apartamento com champanhe na mão, espartilho, calcinha de renda, meia 7/8 e um par de *scarpins*. Tudo embaixo do hábito. Tive vontade de me entregar. Sem pensar se seria certo ou errado. Mas sei que sofreríamos depois sem saber se haveria uma próxima vez.

Você também será pra mim uma 'doce lembrança'. Sempre. Talvez inspirada no chocolate e nas balas. E é assim que vou me lembrar de você, enquanto estivermos separados. Imagine que, para uma formiga, a palavra 'doce' é tudo. Algo tão importante que não pode ser definido simplesmente com palavras. E, se ainda não descobriu, sou uma formiga em forma de gente. Basta reparar em minha atração por tudo que é adocicado. E, obviamente, no tamanho da bunda. Rs...

Você já deve ter visto muitos desenhos animados. Portanto, tente se lembrar daquela cena em que um personagem olha para o outro e enxerga um delicioso frango assado. Lembrou? Leonardo, não me olhe assim. Primeiro, porque não sou tudo que imagina. Segundo, porque não sou só isso. Você precisaria dc um tempo para se acostumar com muitas coisas.

Antes de me converter à vida religiosa, adorava sapatos. Na verdade, acho que ainda adoro. Realmente, encheria seu apartamento com dezenas de pares. Para compensar, tenho meia dúzia de roupas. Meu sonho sempre foi ser uma centopeia. Também quero ter uma gata. Você teria que se acostumar com a presença dela insistindo em dividir nosso lençol. E das minhas jardineiras de ervas sujando sua varanda. Tem também meus livros: teologia, filosofia, história da arte... Não posso me esquecer dos CDs. Tenho até um de *heavy metal*. Acredite. As letras são inspiradas em trechos da Bíblia. Mas prometo só escutá-lo em muitos decibéis quando você não estiver em casa.

Comprei um CD da Norah Jones pra você. Não sei se gosta, se já escutou. É uma das minhas cantoras prediletas. Quando ouvi pela primeira vez, me apaixonei. E apesar de meio melosas, essas músicas também têm seus momentos. Escolhi prestando bastante atenção nas letras. Algumas frases são perfeitas. Se gostar, ouça até 'furar', como costumo fazer. Se não lhe agradar, pegue um litro de álcool, vá até a varanda e brinque de disco voador.

Tem mais uma coisinha que não havia lhe contado. Durmo agarrada a um dinossauro de pelúcia. Acho que não deveria ter falado... Diz que ainda me ama, por favor!

Vai descobrir que tenho um gênio terrível. Sou organizada demais, exigente demais, mandona demais. Mas também vai aprender que basta um carinho em meus cabelos para que me derreta toda. Não preciso de muita coisa. Nem de carro, viagens, joias... Preciso de respeito, atenção, amor. E sapatos, nunca se esqueça disso.

As balinhas que estão na caixa são algumas das minhas preferidas. Achei que seriam apropriadas pra você. Não sei se reparou, mas são *diet*. Depois de comer tantas balas de leite e muito chocolate, deve estar precisando perder alguns quilinhos.

Vou lhe pedir uma coisa e espero que a faça por mim. Você disse ter deletado todos os e-mails que lhe enviei. Mas nunca apague-os do pensamento. E não estranhe meu sumiço. Algo que temia começou a acontecer. A desconfiança da madre superiora. E se estabeleceu por um fato idiota. Dormi mais do que o normal. Surgiram os questionamentos. 'Por que dormiu tanto? Onde foi? Conheceu alguém?'

Tenho certeza que uma força maior ainda vai nos colocar muitas vezes frente a frente. E acredite, será um imenso prazer revê-lo. Apesar da distância física, ainda viverei esta paixão dentro de mim. Ainda sentirei taquicardia, mãos frias, desejo, carinho... Uma infinidade de sentimentos. Todos bons. Até que um dia, se assim ainda desejarmos, viveremos cada um deles novamente, infinitas vezes.

Não me entenda mal se ainda lhe escrever de vez em quando. Não serei sua 'amiga'. E, se não quiser, basta que não leia as mensagens. Mas me deixe escrevê-las.

Beijos cheios de desejo, reprimido, mas desejo. Carolina."

Depois de ler essa carta, Leonardo chorou 40 minutos sem parar. As lágrimas eram necessárias. Em seguida, telefonou para um grande amigo. Tomou um longo banho e foi se encontrar com ele numa pizzaria. Conversaram bastante. Deram risadas. Na mesa ao lado, estava Bruna. Uma linda engenheira. Inteligente, solteira e sem religião.

Depois de 15 anos separados, os pais de Leonardo da Vinci Yamamoto voltaram a viver juntos no Rio.

O tio, Michelangelo, abandonou esposa e filha. Cansado de ser "sacaneado" durante 50 anos, mudou de nome e de sexo. "Olívia" vive hoje com um estivador em Angra dos Reis.

A tia, Vênus de Milus, ficou milionária. Usou seu nome como marca de uma grife de Lingerie.

Marina, a primeira esposa de Leonardo, continua vivendo com o diplomata suíço. Pianista famosa, veio ao Brasil em 2006 para uma única apresentação na Sala São Paulo. Foi assaltada no aeroporto. Voltou para a Europa com uma péssima imagem do nosso país.

Vitória, a segunda mulher, abandonou a arquitetura. Foi viver na Califórnia. Com seu marido John, produz um dos melhores "pinot noir" do mundo. A mãe, Dolores, insiste para que a filha vá viver em

Chablis, na França. A região faz um dos melhores vinhos brancos do mundo. Perfeito para saborear com ostras.

Nina, a esposa argentina, entrou para uma companhia de tango que viaja o mundo. No ano passado, quase morreu queimada na Alemanha. Seus cabelos pegaram fogo na brincadeira do Cointreau.

Carolina nunca mais escreveu para Leonardo. Três anos depois, mudou-se para a Itália. Mergulhada na vida religiosa, se tornou uma das mais importantes autoridades femininas do Vaticano. Seu maior sonho é ser canonizada. Atualmente, trabalha na interpretação da arte sacra de Da Vinci.

Nosso herói vendeu a agência e embarcou para Roma. Vive com o irmão, perto dos filhos e dos avós. Em quatro anos, se casou mais duas vezes. Ultimamente, tem ido sozinho ao cinema. Semana que vem, vai visitar a Capela Sistina...

Num futuro próximo, os dois vão se reencontar. Carolina conseguirá vencer o medo e se entregará ao amor de Leonardo. Casados, viverão felizes para sempre. Nem a morte irá separá-los. Leonardo, aos 97 anos, e Carolina, aos 84, serão vítimas de um acidente aéreo no Pacífico. Estarão voltando da vigésima viagem à Polinésia Francesa. Os corpos serão encontrados duas semanas depois. Ainda estarão de mãos dadas.

No ano seguinte, em 2067, um memorial será erguido sobre seus túmulos. O "monumento ao amor", como ficará conhecido, vai inspirar uma legião de homens e mulheres que estarão em busca do par ideal. E assim será, pelos séculos e séculos que estão por vir.

"O amor não consiste em olhar um para o outro. Mas sim, em olhar juntos para a mesma direção."

Antoine de Saint-Exupéry

Posfácio

Revisar um livro é tarefa de mestre. A paixão, que me acompanhou em todos os momentos desta obra me levou a conhecer um deles: Nei Paulo Panizzutti, 72 anos.

Em nosso primeiro encontro, fizemos uma troca de livros. Ganhei um de contos, com três de suas bem-humoradas "historietas militares", e outro sobre a história de Resende, sede da Academia Militar das Agulhas Negras, no sul do estado do Rio de Janeiro.

Duas horas depois, meu telefone tocou. O coronel e professor de português e oratória disse que já estava apaixonado por

Leonardo. Elogiou-me pelas frases curtas. Pelos poucos adjetivos. "Você é um escritor pronto!" Sorri, acanhado, e agradeci.

No dia seguinte, abri um de seus livros. O prólogo já me deixou de olhos molhados:

"... Os imensos e pesados Livros de Atas da Câmara, a dormir sono quase bicentenário nas prateleiras do Arquivo Municipal — todos com caligrafias impecáveis — descobriram-me aquilo de que gosto: a história humana, com seus feitos e desfeitos, grandezas e pequenezas.

À minha frente, parelha com o Diploma de Cidadão Resendense, está a Menção Honrosa do Cadete nº 736, 1954, por ter se distinguido em história militar. Alguém, lá do infinito, mandava-me um aviso de que tinha amor pela história, que só agora aproveito. Nunca é tarde!

Plantei milhares de árvores, tive milhares de alunos, dois filhos, dois netos. Aqui está o livrinho. Se o Supremo Arquiteto do Universo me conceder engenho, arte e tempo, este será apenas meu primeiro volume, pois fica um mundão de fatos aliciantes a narrar.

Resende, no mês dos ipês florescentes do Ano da Graça de Nosso Senhor, 1998."

Ao "livrinho", como ele diz, "foi dada forma trivial, em linguajar coloquial, para adoçar a chatice da pompa histórica e situá-lo na classe dos livros didáticos". No texto, o neto de oito anos pede ajuda ao avô para um trabalho escolar. Logo no primeiro parágrafo, uma coincidência de nomes — se é que elas existem — me levou ao melhor dos choros. O do reencontro:

"— Vô, a professora mandou nós 'fazermos' uma pesquisa sobre como começou Resende. Você ajuda a gente? — pediu-me Fábio, que sabia perfeita e safadamente obter o que queria dos avós..."

Meu nome ali impresso me fez lembrar da infância, do amor incondicional dos meus avós. Considerar "coincidência" seria simplificar a grandiosidade da vida. Prefiro Shakespeare: "Há mais mistérios entre o céu e a terra do que supõe a nossa vã filosofia". E você? Que motivos lhe trouxeram a este livro?

Fabio Brunelli

Referências Literárias

Hamlet, William Shakespeare / 1602

Rimas, Gustavo Adolfo Bécquer / 1868

Da Minha Aldeia, Alberto Caeiro / 1914

No Meio do Caminho, Carlos Drummond de Andrade / 1928

Na Pior em Paris e Londres, George Orwell / 1930

José, Carlos Drummond de Andrade / 1942

A Revolução dos Bichos, George Orwell / 1945

1984, George Orwell / 1949

Mude, Edson Marques / 2000

Recomeçar, Paulo Roberto Gaefke / 2002

Referências Musicais

As Quatro Estações, Antonio Lucio Vivaldi / 1723

As Time Goes By, Herman Hupfeld / 1931

Lady Is a Tramp, Richard Rodgers e Lorenz Hart / 1937

When You Wish Upon a Star, Ned Washington e Leigh Harline / 1940

When I fall in Love, Nat King Cole / 1957

Girl From Ipanema, Tom Jobim e Vinícius de Moraes / 1962

Something Stupid, Carson Parks / 1967

Carolina, Chico Buarque de Hollanda / 1967

Baby I Love Your Way, Peter Frampton / 1975

I'm in You, Peter Frampton / 1977

It Might Be You, Alan Bergman, Marilyn Bergman e Dave Grusin / 1982

Mais Uma de Amor, Antônio Pedro, Bernardo Villena e Ricardo Barreto / 1983

Heaven, Bryan Adams / 1984

Fico Assim Sem Você, Claudinho e Buchecha / 2002

Come Away With Me, Norah Jones / 2002

You're Beautiful, James Blunt / 2004

Referências Cinematográficas

Os Três Porquinhos, Walt Disney Pictures / 1933

Pinóquio, Walt Disney Pictures / 1940

O Poderoso Chefão, Paramount / 1972

Amor Sem Fim, Universal Studios / 1981

Tootsie, Columbia Pictures / 1982

Sintonia de Amor, TriStar / 1993

Arquivo X, Fox Films / 1998

De Olhos Bem Fechados, Warner Bros. / 1999

Violino Vermelho, Lions Gate Film / 1999